Mi negro pasado

Como agua para chocolate
LA SAGA CONTINÚA

LAURA ESQUIVEL

Mi negro pasado

Mi negro pasado

Primera edición: agosto de 2018

D.R. © 2017, Laura Esquivel
D. R. © Casanovas & Lynch Agencia Literaria, S.L.

D. R. © 2017, Penguin Random House Grupo Editorial, S. A. de C. V.
Blvd. Miguel de Cervantes Saavedra núm. 301, 1er piso,
colonia Granada, delegación Miguel Hidalgo, C.P. 11520,
Ciudad de México
D. R. © 2018, derechos de edición para Estados Unidos de América, sus territorios,
dependencias y bases militares, Filipinas y Canadá en lengua castellana:
Penguin Random House Grupo Editorial USA, LLC.
8950 SW 74th Court, Suite 2010Miami, FL 33156

www.megustaleerenespanol.com

D. R. © 2017 Jordi Castells, por el concepto de portada
D. R. © 2017 Ramón Navarro, por el diseño de la portada
D. R. © 2017 Daniel Bolívar, por la ilustraciones en interiores

ISBN: 978-1-947783-76-8

Impreso en Estados Unidos – *Printed in USA*

Penguin
Random House
Grupo Editorial

CAPÍTULO 1

Todo el problema comenzó con lo de las tortas de navidad.

—¿Por qué?

—Porque se supone que la cebolla debe estar finamente picada.

—¿Y?

— Pues que yo la corté en trozos grandes.

—¿Y eso es lo que hizo enfurecer a tu mamá?

—¡Claro que no! El tamaño de los cuadritos de la cebolla fue un mero pretexto que ella utilizó para agredirme. El error que cometí se podía solucionar perfectamente pero ella empezó a decirme que nunca la escucho y que cada vez que rompo las reglas en la cocina se pone en evidencia mi valemadrismo...

—¿Pero tú sabías que la cebolla debía de ir finamente picada?

—¿Y eso qué chingados importa? ¿Tú también te vas a poner de su lado? ¿No se supone que como mi psicoanalista debías apoyarme? ¡Cómo si no supieras que mi mamá me odia! ¿Qué te pasa?

— Lo único que intento saber es cuáles son los resortes emocionales que intervienen en tus problemas con la comida.

—¡Yo no tengo problema con la comida!

—¿No? Mmm… ¿Sí sabes que me dedico a atender a comedores compulsivos, verdad?

—¿Sabes qué? Chinga tu madre.

María tomó su bolso y salió del consultorio dando un enorme portazo. Se detuvo un momento en las escaleras pues sintió que le faltaba el aire. Estaba furiosa. No podía recordar quién le había recomendado a esa psicoanalista. Quería llamarle en ese mismo instante para hacerle un reclamo. Con qué tipa más imbécil e insensible la habían enviado. ¿Cómo se le ocurría que debía reaccionar después del repudio de su esposo y del rechazo colectivo al que se estaba enfrentando? Comer como descosida era mucho menos grave que recurrir a cualquier droga y eso de ninguna manera significaba que ella tuviera problemas con la comida. Pendeja. No pensaba volver a verla nunca más. Ya bastantes problemas tenía encima con las fiestas decembrinas como para aparte tener que lidiar con esa mujer.

María sufría de depresión estacional y cada año se tenía que empastillar para poder asistir a las fiestas familiares de buen talante. No siempre lo lograba. Nunca sabía cómo vestirse para disimular su gordura y evitar las miradas de sus primos y primas sobre su enorme panza. Algunos parientes por ignorancia o simplemente mala leche le preguntaban si estaba embarazada. María invariablemente respondía que sí. Quería ver si el próximo año a esos mismos pendejos les iba a interesar preguntar sobre sus supuestos hijos. Jamás lo hacían. Ahora, por primera vez tenía algo para sorprender a toda su parentela pero a estas alturas ya todos debían de estar enterados. A comienzos de diciembre había nacido Horacio, su primogénito. Un niño bello y sano pero inexplicablemente negro. Negro como el azabache. Negro como la luna negra que marcó su destino. Negro como la oscura Navidad que le había caído encima. A partir del nacimiento del niño toda su vida se trastocó. Su esposo la acusó de infidelidad. A su mamá literalmente le dio un ataque de nervios. Nadie pareció creerle que el niño era el producto del amor y que había sido engendrado dentro de un matrimonio legítimo.

María se había casado muy enamorada. Había esperado la llegada de su hijo llena de entusiasmo. Incluso había pensado que ese nacimiento decembrino podía hacerla superar sus problemas con las fiestas navideñas. Bueno, pues todo salió peor de lo que esperaba. Lo más triste era que no pudo amamantar al niño. Su estado emocional le afectó demasiado. Las hormonas se le alborotaron. La depresión post parto fue un verdadero infierno. Y a pesar de todo hacía un esfuerzo sobrehumano para ser una madre funcional que atendía a su hijo diligentemente y que trataba por todos los medios de alimentar a un niño que se rehusaba a beber leche de fórmula y lloraba constantemente. María terminaba llorando junto con él. Cuando ya no había más llanto dentro de sus ojos, cuando sólo quedaban los sollozos, María y Horacio se miraban pidiendo comprensión uno al otro. María le acariciaba los rizos de la cabeza y le pedía su cooperación. El niño, sin palabras de por medio, la miraba profundamente y con resignación bebía la leche que su madre le daba.

Cuando Horacio se dormía, María lo observaba con curiosidad. Ese niño era un misterio. No podía dudar de su maternidad. Sin lugar a dudas era su hijo. Ella lo había visto nacer. Salió de sus entrañas. Sus facciones correspondían con las que habían visto infinidad de veces en los videos de los ultrasonidos que le practicaron. Cómo añoraba esa sensación de alegría profunda que le provocaba escuchar el corazón de su hijo cuando aún era un feto. El latido no tiene color. Es sólo un sonido maravilloso que anuncia la vida. El latido de Horacio era tan fuerte. Cuando estaba en su vientre todo parecía normal. No había razón para el extrañamiento. Nunca se imaginó el desconcierto que ocasionaría al nacer. Su esposo Carlos estuvo presente durante el parto. Estaba filmando el evento. María recordaba claramente el rostro de Carlos cuando el niño nació. Era de terror. Dejó de filmar, bajó la cámara y volteo a verla. María creyó que algo muy grave estaba sucediendo. Incluso pensó que su hijo había fallecido pero cuando lo escuchó llorar, respiró aliviada. ¿Qué era lo que pasaba entonces? El doctor y Carlos se miraron con extrañeza. ¿Qué pasa? —dijo María. El doctor le colocó al niño sobre el pecho como respuesta. Carlos salió de allí antes de que María lo viera llorar. María vio a Horacio y no supo cómo reaccionar. Lo abrazó con cariño pero llena de dudas. Era increíble lo que un color de piel podía provocar. Tanto María como Carlos eran blancos. Carlos incluso tenía el pelo rubio y María ojos verdes. ¿De dónde había salido Horacio con ese color de piel? Conforme pasaron los días le fue urgiendo obtener una respuesta.

Lo primero que se le ocurrió fue hacer una prueba de ADN pero Carlos se rehusó. Luego pensó en mandar hacer un árbol genealógico de las dos familias. Esperando, claro, que fuera en la familia de Carlos donde hubiera habido un familiar de la raza negra. Por un lado le daba miedo investigar y al hacerlo abrir una caja de Pandora pero por el otro, no le quedaba mejor opción. Ese preciso día, se suponía que después de su cita con la psicoanalista se iba a entrevistar con una persona que se dedicaba a hacer ese tipo de investigaciones. Acababa de salir del edificio donde se encontraba el consultorio de la doctora para dirigirse a la oficina del Licenciado López, cuando entró una llamada a su celular. Era su hermano Fernando.

—¿Dónde estás?

—Saliendo de la psicoanalista… oye, por cierto, ¿tú fuiste el que me la recomendó?

—No. ¿Por qué?

—Por nada…

—Oye, te llamo para informarte que a mi mamá le dio un infarto. Nos estamos yendo al hospital. Dejé a Horacio con Blanca. Dice que si quieres, ella lo cuida para que puedas venir conmigo.

María no daba crédito a lo que escuchaba. Desde que tenía uso de razón, el mes de diciembre se hacía acompañar de desgracias. ¡Y luego querían que le agradaran las fiestas decembrinas! ¡Qué horror!

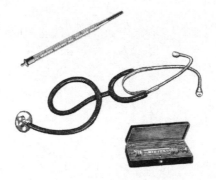

CAPÍTULO 2

Ese definitivamente no había sido su día. Horacio lloró durante toda la noche. Carlos gruñó y protestó varias veces. Con desesperación preguntó si no había alguna manera de hacer callar al niño pues él tenía que ir a trabajar al día siguiente. María hizo lo que pudo pero no tuvo mucho éxito que digamos. No recordaba a qué hora Horacio y ella por fin se durmieron. Al despertar, con sorpresa descubrió que Carlos no estaba a su lado. Se había ido. La había abandonado. Se encontró una carta en la que le decía que no podía más y que necesitaba espacio. Que aún sentía amor por ella pero no podía soportar la presencia de Horacio. Lo que más le dolió fue que le dejara sobre el tocador el DVD con la filmación del nacimiento del niño, como se deja una bolsa de basura. Sintió un dolor físico, real, en el centro del pecho y una molesta náusea en el plexo solar.

Antes de que pudiera tomar mayor conciencia de lo que la partida de Carlos le provocaba, el llanto de su hijo reclamó su atención. Claramente exigía su alimento. María lo abrazó y lloraron juntos aunque por muy distintos motivos.

Más tarde, María llevó al niño a casa de su hermano para que Blanca, su cuñada, lo cuidara mientras ella visitaba a su mamá en el hospital. Tenía que relevar a su hermana Carolina, quien había cuidado a su madre toda la noche. Se le hizo tarde. Había tráfico. El semáforo estaba descompuesto. Todo parecía estar en su contra.

Oprimió el botón del elevador. La puerta se abrió y salió una mujer con uniforme de enfermera, María subió inmediatamente después de ella y cuando la puerta se estaba cerrando se percató que ese elevador estaba infestado con un olor mortal a pedo. Sostuvo la respiración y mientras buscaba entre sus pertenencias un pañuelo para cubrirse la nariz la puerta se abrió nuevamente e ingresó al elevador un doctor realmente guapo, mismo que también aspiró el pedo. María se quería morir de la vergüenza. Sin querer, se había convertido en la presunta responsable de un pedo ajeno. Lo peor de todo no era eso sino que pronto descubrió que el doctor iba al mismo piso y a la misma habitación que ella pues era el cardiólogo de su mamá. Antes de entrar al cuarto, el doctor le preguntó:

—¿Viene a ver a la señora Alejándrez?

—Sí, pero yo no me eché el pedo.

—¿Perdón?

— En el elevador, cuando yo me subí ya me lo encontré ahí.

El doctor se rió abiertamente mientras abría la puerta con caballerosidad y le daba el paso a María. Dentro de la habitación unos ojos recriminaron la escena. Era la mirada de Carolina, la hermana de María, quien sostenía la mano de su madre.

—Bueno, mamita, ya llegó María, TARDE… pero ya está aquí y mira, el doctor Miller también vino a verte, así que te dejo con ellos porque yo tengo una IMPORTANTE junta en el trabajo. Vengo en la tarde.

—Sí, m'ijita, vete tranquila.

Carolina recogió sus cosas rápidamente y se despidió de todos.

El doctor Miller no perdió detalle del intenso cruce de miradas que intercambiaron las hermanas, de la manera en que se tensó el ambiente cada vez que Carolina habló. También le quedó claro que el rostro de María no sabía esconder nada. Esa mujer estaba sufriendo y no precisamente por la agresión pasiva de su hermana o la enfermedad de su mamá. La vio aspirar profundamente y apretar los labios para no discutir con su hermana frente a su madre. La vio dar la espalda y fingir que estaba mirando por la ventana para limpiarse disimuladamente unas lágrimas. Así que cuando terminó de hacer su visita médica, le pidió a María que saliera un momento al pasillo para hablar con ella.

En cuanto estuvieron solos y cerraron la puerta tras ellos, tiernamente le puso a María la mano sobre el hombro y le preguntó:

—¿Está bien? ¿Quiere que le recete un ansiolítico?

María no pudo más. Soltó el llanto. El doctor la abrazó delicadamente. María se sintió totalmente arropada. Un abrazo de esa naturaleza, aunque proviniera de un extraño era justamente lo que necesitaba. El doctor Miller le acarició el pelo, como si estuviera confortando a una niña pequeña. María le agradeció de todo corazón ese momento. Siempre lo recordaría.

Más pronto de lo que imaginaba el doctor le brindó una nueva oportunidad para que le estuviera agradecida. Al día siguiente falleció su madre. A María le correspondió quedarse en el hospital para hacer los trámites pertinentes. Carolina y Fernando estaban en la funeraria haciendo lo propio. A Blanca le pidieron hacer llamadas a familiares y amigos, así que no pudo ayudarla a cuidar a Horacio. María estaba dando vueltas en uno de los pasillos del hospital con su hijo entre los brazos, cuando se encontró de frente con el doctor Miller. El cardiólogo se acercó a ella y a manera de pésame le dio un nuevo abrazo. Acto seguido le acarició a Horacio la cabecita y le preguntó a María:

—¿Es su hijo?

—Sí —respondió con timidez.

—Es realmente bello.

María supo que no lo decía por compromiso, sino que en verdad le parecía un niño bello. Era la primera vez desde que su hijo nació que alguien se lo chuleaba con toda sinceridad y sonrió agradecida. Le resultó absurdo sentir gratitud sólo porque alguien mencionara la belleza de Horacio, porque lo normal, lo que ella hubiera esperado es que la gente mirara a su hijo tal y como el doctor lo hacía: sin prejuicios. Así que sí, estaba agradecida y conmovida, se le hizo un nudo en la garganta y no pudo responder nada. Sólo asintió con la cabeza y celebró en silencio que una persona valorara lo más amado para ella. En un instante se sintió menos sola, menos repudiada. Y era lógico. Su familia, la cercana, la que debía apoyarla, no lo estaba haciendo. Todo lo contrario, al día siguiente, cuando iba a entrar a la funeraria su hermana Carolina corrió a su encuentro y antes de que cruzara la puerta, la detuvo. Le explicó que su jefe y algunas personas importantes de su empresa estaban en ese momento velando a su mamá y que no consideraba prudente que ella entrara con Horacio pues el niño generaba "mucho ruido" a su alrededor y ella no estaba en condiciones adecuadas para dar alguna explicación. ¡Hija de la chingada!, pensó María y antes de decirlo en voz alta buscó con la mirada a Fernando, su hermano, quien al ver lo que estaba sucediendo se acercó a ellas pero, no se atrevió a defender abiertamente a María y poner a Carolina en su lugar. Siempre había sido así. No tenía carácter.

—Mira, hija de tu puta madre, yo entro porque entro. El cuerpo que estamos velando también es el de mi mamá y tengo el mismo derecho que tú de estar ahí…

—Claro que no, sabes que mamá murió por tu culpa…

—¡Qué te pasa, pendeja! ¿A qué te refieres? ¿A que tuve un hijo negro?

—Sí, a eso mismo… y quién sabe de qué padre…

—María le dio su hijo a Fernando con la clara intención de tener las manos libres para golpear a su hermana pero en ese instante se escuchó una poderosa voz a sus espaldas que le habló con gran autoridad.

—¿Qué pasa aquí? ¿Por qué están dando este espectáculo?

—¿Y tú quién eres? —preguntó María.

—¡Tu abuela! —le respondió la anciana mujer —¿y quién es este niño?

—Mi hijo…

—La abuela se dirigió con dureza a Carolina y le preguntó:

—¿Y tú qué? ¿Te avergüenzas mucho de tu sobrino?

—¿Abuela?, ¿eres la abuela Lucía? —preguntó Carolina con incredulidad.

—Sí, la misma a la que nadie tuvo a bien informarle que su hija había muerto, me tuve que enterar por el obituario…

—Bueno, abue, discúlpame… es que no supe qué hacer… no sé si a mi mamá le hubiera gustado que vinieras…

—¿Y por eso no me avisaste? La abuela giró la cabeza y dirigiéndose a María le preguntó: ¿Y ésta, aparte de racista, siempre es así de pendeja?

María no pudo adorar más a su abuela en ese momento. Tenían años, muchos años de no verla y había olvidado la enorme fuerza de carácter que la distinguía. Lamentó que por tanto tiempo su mamá y ella no se hubieran hablado. Tuvo que reprimir las ganas de besar y abrazar a la abuela hasta el cansancio.

—Mira, niña, si tu hermana y mi bisnieto no entran, yo tampoco...

Carolina levantó los hombros en señal de "mejor para mí". Entonces la abuela se acercó a Fernando y le quitó al niño de los brazos; Carolina, temiendo que la abuela y María intentaran practicar una entrada forzada a la funeraria, se puso delante de ellas. Fue ridículo que al momento de entregarle a su sobrino a la abuela, Fernando, tímida y totalmente fuera de lugar, saludara.

—Hola, abue, yo soy Fernando...

La abuela le dio a Fernando un pequeño golpe en la mejilla a manera de saludo pero ni siquiera le respondió. No era el momento. Y en contra de lo que Carolina esperaba, la abuela dio un giro sobre su pies y dio una orden de retirada contundente.

—¡Vámonos, María! Para velar a alguien no es necesario estar frente a un cadáver rodeado de zopilotes.

María obedeció sin chistar. La abuela le estaba dando la oportunidad de retirarse dignamente y mientras se alejaban del lugar le dijo:

—Te agradezco mucho esto, abue, pero no es necesario que tú también te vayas...

—Claro que sí, es más, tu hermana tiene razón, no sé por qué fregados vine a un lugar en donde nadie me había llamado... y bueno, también es cierto que tu mamá no deseaba verme… En el avión me pregunté constantemente ¿A qué voy?… ¿A qué voy?… ahora lo comprendo… vine por tu hijo y por ti.

Era una mañana de invierno triste y fría pero momentáneamente el sol salió y en ese preciso momento, y como sólo sucede en los musicales de Broadway, se comenzó a escuchar la voz de Cyndi Lauper interpretando On the Sunny Side of the Street, que provenía de una tortería cercana, la cual no tenía el menor empacho en poner su sistema de sonido a todo volumen. María y Lucía, a pesar del trago amargo que acababan de pasar, se miraron sorprendidas, sonrieron y continuaron su camino por el lado soleado de la calle acompasadas con la alegre música que les cubría las espaldas en su dramática retirada.

"Grab your coat and get your hat
Leave your worry on the doorstep
Just direct your feet
To the sunny side of the street
Can't you hear a pitter-pat?

And that happy tune is your step
Life can be so sweet
On the sunny side of the street..."

Toma tu abrigo, toma tu sombrero,
deja tus preocupaciones en la puerta,
encamínate hacia
el lado asoleado de la calle.
¿No escuchas el ritmo?
Oh, la tonada alegre está en tus pasos,
la vida puede ser tan dulce,
en el lado asoleado de la calle.

CAPÍTULO 3

Lucía, la abuela, definitivamente le caía bien a María. Durante el vuelo que las llevó a Piedras Negras hizo gala de su enorme calidad humana. Era una mujer de impactante personalidad. Guapa a pesar de sus 81 años. Fuerte, discreta, sincera, cariñosa. Que así como elevaba la voz para reclamar sus derechos, sabía guardar el más profundo de los silencios. No se había atrevido a interrogarla —como todos los demás— ni a dudar de la legitimidad de su hijo Horacio. Le conmovía ver la ternura con la que abrazaba y besaba a su hijo y la forma en que éste correspondía a su cariño. En cuanto la abuela lo tomaba entre sus brazos, Horacio caía en un sueño profundo y dormía como un bendito entre sus enormes pechos. Ver a su hijo dormir de esa forma la relajaba. Le brindaba un poco del alivio que tanto necesitaba. Mucho más en esos momentos. De por sí los aeropuertos la angustiaban y ahora, con un hijo en brazos, pues ni hablar. Antes de viajar, tuvo que tomar demasiadas decisiones. Qué empacar, qué dejar, qué podía llevar a bordo y qué no. Al documentar, tuvo que elegir entre ventanilla o pasillo. No era algo muy complicado de hacer pero la mente de María tenía tanto que procesar que no podía tomar esas simples decisiones. No le gustaba la ventanilla porque si le daban ganas de ir al baño, tenía que molestar a los pasajeros de al lado y tampoco la convencía el pasillo pues al llegar a su destino, le generaba mucha angustia la presión silenciosa que ejercían sus vecinos de asiento para que se levantara de inmediato ya que después del aterrizaje todos querían salir disparados, cual espermatozoide en busca de óvulo. Afortunadamente en esta ocasión, la abuela Lucía viajaba con ella y le brindó la ayuda que tanto necesitaba. En cuanto llegaron a sus asientos, la abuela tomó a Horacio entre los brazos para que María pudiera descansar un poco. María se acomodó en el asiento del avión y se relajó. Dejar todo atrás e irse por un tiempo a vivir al rancho de la abuela parecía ser la mejor decisión que había tomado en la vida. Significaba estar lejos. No tener que presenciar el derrumbe del mundo que Carlos y ella habían construido con tanto cariño. No ver su casa desmantelada. No saber lo que Carlos se iba a llevar o dejar de los objetos que integraron lo que fuera su hogar. No ver cómo se marchitaban las flores de su jardín. Tampoco quería discutir con Carolina por la herencia que su madre les dejó. Básicamente, no quería ver su pasado. Se merecía un alto en el camino y, gracias a que en su trabajo aún gozaba de su licencia de maternidad, podía darse ese lujo.

El chofer de la abuela los recogió en el aeropuerto y de inmediato los llevó al rancho en donde todos los trabajadores los esperaban para darles la bienvenida. Chencha, una mujer casi de la misma edad de la abuela, —descendiente directa de otra Chencha que trabajó por años en casa de la familia de la Garza— quien funcionaba como ama de llaves, los condujo a la habitación que prepararon para ser ocupada por Horacio y ella. Era enorme y totalmente acogedora. Le habían puesto una mesa de noche junto a su cama, un escritorio en medio del cuarto, un tocador y hasta una cuna con todo y mosquitero. A María le sorprendió que, a pesar de la premura del tiempo con el que les informaron a los trabajadores de su llegada al rancho, todo estuviera resuelto: las cajas de pañales, la leche, la tina para bañar a Horacio. Todo, absolutamente todo estaba previsto y las necesidades más inmediatas, tanto de ella como de su hijo, plenamente cubiertas. Con el paso de los días, María comprendió que la causa de ese milagro de organización se debía a que la abuela tenía una enorme bodega que sería la envidia de cualquier productora de cine. En su interior había almacenado e inventariado todo tipo de objetos que iban desde camas, ollas, cobertores, sillas, lámparas, almohadas, sombrillas, hasta cámaras fotográficas, teléfonos obsoletos, discos, radios, proyectores de diapositivas, de cine en diferentes formatos, de transparencias… bueno, prácticamente todo lo que a uno se le antojara. Dicho de otra manera, en casa de la abuela fácilmente se podía filmar una película de época sin necesidad de alquilar nada. Lo increíble del caso es que, con la misma facilidad con la que Lucía atesoraba objetos, se deshacía de ellos. No le costaba trabajo desprenderse de cosas superfluas, de baratijas, de objetos carentes de un significado afectivo. Las bolsas de plástico eran un ejemplo. A la abuela le molestaba enormemente el daño ecológico que ocasionaban, así que en el rancho estaban prácticamente prohibidas. Para ir de compras contaban con magníficas bolsas de yute, de lona o de papel. Esta postura era congruente con la forma en que se vivía en el rancho. La abuela se sostenía económicamente por medio de una empresa de productos ecológicos que fabricaba jabones de baño, de ropa y de trastes, así como líquidos para limpiar vidrios, para desmanchar ropa, para quitar grasa. También manejaba una línea de productos para la higiene corporal que incluía shampoo, pasta dental, cremas de cuerpo y de rostro. Su empresa era muy exitosa y le permitía vivir holgadamente.

María sólo podía ponerle un pero a la abuela: ¡No tenía Internet! Lo cual resultaba catastrófico para una persona adicta a las redes como ella.

—¿Internet? No, no tengo… ¿Para qué quieres Internet?

—Pues para enviar y recibir correos, para mantenerme informada de lo que está sucediendo en el mundo, para…

—No, mi'jita, lo único que necesitas por el momento es tener tiempo para ti… Todo lo que el mundo de la tecnología aparentemente te da, en verdad te lo quita…

—¿A qué te refieres?

—A que se vuelve tu patrón, te esclaviza, te controla, te dice qué hacer y a qué hora, te marca el ritmo, no te deja tiempo para ti, te mantiene ocupada en muchos asuntos que en verdad no importan… ahora lo único que necesitas es recuperar tu paz…

María, muy a su pesar tuvo que reconocer que la abuela tenía razón y por lo mismo mantuvo la boca cerrada. Sabía perfectamente que no le iba a dejar nada bueno buscar en Facebook noticias de Carlos. Ni leer los comentarios de sus amigas respecto a su separación, ni enterarse de cuántos muertos se habían acumulado en el país en las últimas horas. Así que continuó bebiendo en silencio el té de paja de avena que la abuela le había preparado y que supuestamente la iba a ayudar a relajarse. Se lo tomó por mera cortesía porque dudaba mucho que le fuera a hacer efecto. Si el ansiolítico que el doctor Miller le había recetado no le estaba haciendo efecto, mucho menos le iba a servir tomarse un simple té para calmar sus nervios. Por supuesto que subestimó los profundos conocimientos que la abuela tenía en el campo de la herbolaria. La infusión no sólo la tranquilizó sino que en pocos minutos se sintió tan relajada que por un buen rato dejó de pensar en el asunto del Internet. En cuanto le dio la última mamila a Horacio y lo puso a dormir en su cuna, cayó sobre la cama y no se despertó hasta las ocho de la mañana del día siguiente.

Los ladridos de los perros del rancho la despertaron. Se incorporó sobresaltada. Ya era de día y su hijo ¡no había llorado! Corrió a revisar la cuna y el niño no estaba dentro. Salió de la recámara y escuchó un canto proveniente de la cocina. Abrió la puerta y ahí estaba Horacio, en brazos de la abuela, durmiendo plácidamente mientras ella le cantaba una canción en lengua náhuatl. Al verla, Lucía le brindó una amplia sonrisa y le preguntó:

—Buenos días. ¿Cómo amaneciste?

—Bien abue… hasta ahorita me desperté… ya es tardísimo… ¿verdad? —respondió María, todavía adormilada.

—Depende… el tiempo siempre es relativo. No te preocupes, lo bueno es que te repusiste un poco. Te urgía un descanso.

—¿Y Horacio también durmió todo este tiempo?

—No, empezó a llorar como desde las cuatro de la mañana, pero como no lo escuchabas lo saqué de la recámara para que te dejara dormir…

—Qué pena, abue, no volverá a pasar…

—No hay problema. Yo me levanto desde esa hora, y cuidar a tu hijo es el mejor regalo que he tenido en mucho tiempo…

—¿Y aceptó la mamila?

—Sí. Al principio, como que no quería porque mezclé la leche de fórmula con atole de trigo germinado y le pareció extraño el sabor pero cuando pasó la primera impresión, lo aceptó y mira cómo quedó de tranquilito…

—Pero abuela… ¿Por qué le pusiste ese atole?... ¿No le irá a hacer daño?

Lucía rió divertida y le puso a María el niño entre los brazos para darle una verdadera cátedra sobre la alimentación a base de germinados al tiempo que preparaba el desayuno para ambas. Tomó un viejo comal de hierro forjado y lo puso al fuego. Sacó del refrigerador unos bollos de tortillas de harina que había amasado la noche anterior y comenzó a extenderlos sobre una tabla de madera con la ayuda de un rodillo. El paloteo era rítmico y preciso. Cada bola de masa se convertía en una tortilla perfectamente redondeada. El contacto entre el rodillo y la masa y entre la masa y la mesa producía una música totalmente hipnótica. La abuela se deslizaba por la cocina con la precisión de una bailarina. María había visto a su madre extender tortillas infinidad de veces pero nunca de la manera en que la abuela lo estaba haciendo. Su madre lo hacía mediante una técnica rígida, la abuela le imprimía gran sensualidad a cada uno de sus movimientos.

Acto seguido, las puso a cocer sobre el viejo comal al que no se le pegaba nada pues se utilizaba sólo para cocer las tortillas de harina y con el uso y el paso del tiempo se le había formado una capa protectora mil veces más poderosa que el mentado teflón que tanto se anunciaba en los comerciales de la tele. Ese comal nunca se lavaba. Cuando se terminaba de utilizar se le limpiaba con un trozo de papel y listo.

María gozó todo, la forma en que la abuela tomaba la tortilla cruda y la deslizaba delicadamente sobre el comal para realizar el ritual del cocido que consistía en tres pasos: colocar la tortilla, esperar unos segundos a que se le formaran unas pequeñas burbujas en la superficie y en ese momento darle una vuelta y esperar hasta que se inflara, y finalmente volver a girarla para que se dorara del lado en que sólo estuvo unos segundos en contacto con el calor.

Mientras atendía el correcto cocido de las tortillas, la abuela picó cebolla y la puso a freír en otro sartén similar al comal. También era de hierro forjado, grande, bello y tampoco se le pegaba nada pues había sido curado de la misma manera que el comal. Cuando la cebolla estuvo acitronada, le añadió jitomate y chile picados y luego le incorporó unos huevos de granja recién recolectados del gallinero. Mientras se terminaban de cocer puso a calentar unos frijoles de olla y conectó la cafetera. Durante todo ese tiempo en ningún momento se distrajo de su plática sobre las bondades de los germinados ni se equivocó con ningún término ni nada por el estilo.

Definitivamente, ese desayuno "catedrático" fue la mejor carta de presentación de la abuela para demostrar a María las razones por las cuales había obtenido un doctorado en química y también el por qué era considerada la mejor cocinera de la región. Al escucharla, María recordó que su abuela fue la primera mujer que cursó la carrera de química en todo el estado. Su mamá, a pesar de que nunca hablaba de la abuela, alguna vez lo mencionó con orgullo pero inmediatamente después, y a manera de rectificación, dijo que era una pena que con tanto conocimiento científico se hubiese dedicado a la herbolaria. María no veía nada malo en ello y la abuela definitivamente la convenció con todo su conocimiento. Le quedó claro que sabía lo que hacía al darle a su hijo atole de trigo germinado. Pero lo que más la impresionó fue verla actuar como una gran alquimista. Como la sabedora de los ritmos, de los tiempos, de las cantidades y las pócimas. El calor de la cocina que contrastaba con el frío casi congelante del exterior, los olores, la plácida respiración de Horacio que dormía entre sus brazos, provocaron que María se sintiera en familia, y esa era una sensación que hace mucho no experimentaba.

Se sintió como una niña pequeña a la que arropan y alimentan con amor. Y una memoria escondida comenzó a aflorar en el fondo de su ser. El proceso ya se había iniciado en el instante en que puso un pie en la casa de la abuela. De inmediato reconoció el olor que despedían los muebles. Se trataba de un olor peculiar que con el paso de los años se había ido impregnando en cada sillón, en cada cortina, en cada cama, en cada mueble. Eran los olores de una casa en la cual se ha cocinado día tras día. Y en esa mañana, la combinación entre el olor que despedía el árbol de Navidad que la abuela había puesto en la sala, mezclado con los olores de la cocina fue el detonador para que en su mente fuera revelándose con mayor precisión el recuerdo lejano de una cena de Navidad. Y a una velocidad inusitada fueron apareciendo en su memoria sonidos, risas, ecos de olores y emociones dormidas. María llegó a pensar que todo estaba bien, que iba a poder salir ilesa de ese clavado a su niñez pero no calculó que una cosa inevitablemente conduce a otra, así como los durmientes de la vía del tren que se colocan uno después de otro para que la máquina se deslice sobre ellos con un rumbo determinado. Una vez iniciado el recorrido, ya no hay vuelta atrás. Querer bajarse de un tren en marcha es realmente peligroso y sobre todo cuando éste avanza a alta velocidad. María, sin poder impedirlo, irremediablemente iba al encuentro de su destino pues la abuela, tratando de agradar el paladar de su nieta, sacó del congelador unas tortas de Navidad y las puso al fuego. Las había preparado para celebrar Noche Buena y guardó las que sobraron. María celebró ampliamente la propuesta gastronómica de Lucía pero al dar el primer bocado no sólo reconoció el gran sazón de la abuela sino que evocó un recuerdo enterrado. Uno doloroso.

Ella era una niña pequeña que estaba comiendo una torta de Navidad frente al árbol navideño cuando escuchó gritos provenientes de la cocina. Su madre y su abuela discutían a voz en cuello. De pronto, salió su madre furiosa, le arrebató la torta y se la tiró al piso, luego la tomó del brazo y prácticamente la arrastró hacia la puerta por la que salieron dando un estruendoso portazo. Sin pensarlo dos veces, María le preguntó a la abuela:

—¿Por qué se enojó tanto mi mamá contigo una Navidad en que yo era chica?

—Porque tú y tus hermanos querían abrir los regalos antes de medianoche y yo les di permiso, pero tu mamá estuvo en desacuerdo conmigo porque decía que así se rompían las reglas de la Navidad…

—¿Y sólo por eso enfureció tanto y nunca regresó?

—Claro que no, esa fue la forma que ella encontró para mostrar su enojo, la verdadera razón fue otra… Una que está enterrada en el pasado.

—¿Cuál?

—Que le fui infiel a tu abuelo. —Respondió Lucía con toda naturalidad.

—¿Cómo?

—Si te interesa, otro día te cuento los detalles, pero ahora no. Se nos enfría el desayuno.

María se quedó con la boca abierta. No sabía qué decir. Trató de continuar la conversación con la misma soltura.

—¿Y cómo se le hace cuando alguien no te quiere perdonar?

—Pues tienes que aprender a perdonarte tú misma, pero no es fácil…

María se preciaba de ser sincera y directa pero la abuela decía "quítate que ahí voy". La abuela confesó su falta así nomás. Como si dijera "hace mucho frío" o "puede que nieve por la tarde". La dejó sin palabras y la única forma que encontró para no exclamar sonido alguno fue comer su delicioso desayuno consistente en un par de huevos a la mexicana acompañados de tortillas de harina, coronado con una torta de Navidad. Mientras lo hacía, María pensó en Proust, en sus magdalenas, en la manera en que el pasado está íntimamente entrelazado con olores, con sabores. Bastó un solo bocado, una pequeña mordida a una inofensiva torta de Navidad para que María se viera arrastrada por una fuerza descomunal que estaba alineando de golpe datos, recuerdos, información. La mordida a la torta de Navidad coincidió exactamente con el momento en que Chencha hizo una entrada triunfal a la cocina llevando un antiguo "moisés" en las manos. Era uno de esos que estuvieron de moda en el siglo pasado y que la abuela había ordenado que sacaran de la gran bodega de almacenamiento a la que coloquialmente llamaban el cuarto de "tiliches y trebejos" para que fuera utilizado por Horacio cuando estuviera junto a ellas en la cocina.

—¡Lo encontré, Lucía! —Exclamó Chencha.

—Justo a tiempo. Estamos empezando a desayunar.

—Buenos días, niña María, ¿cómo les amaneció?

—Bien, dormimos muy bien.

—Qué bueno y para que desayunes mejor pon a tu hijo dentro de este "moisés" que me parece que fue de tu mamá…

—Así es… —respondió Lucía.

Chencha hablaba como tarabilla y a una gran velocidad. Sus palabras fueron avivando el fuego que nutría de energía el tren del recuerdo. Mientras María colocaba a Horacio dentro del "moisés" para poder desayunar cómodamente, Chencha no paró de hablar. Les comentó de todo, del clima, del pleito mañanero en el que se vieron involucrados los perros del rancho con unos de fuera, de que el agua se había congelado dentro de la tubería, etcétera. Pero de pronto comentó algo que hizo que el corazón de María se acelerara.

—Todos quieren venir a ver a tu bisnieto pero ya les pedí que lo dejaran descansar. Lo que pasa es que la bola de chismosos quiere ver si es cierto lo que les dije de que el "ñiño" es el vivo retrato de su abuelo y bueno…también del bisabuelo…de uno sacó el color de los ojos y del otro el color de la piel…

A María se le atragantó el bocado. Volteó a ver a su abuela quien le asintió con la cabeza. Su tren estaba a punto del descarrilamiento. Estaba por enterarse de que era en su propia familia y no en la de Carlos en donde había un afrodescendiente. Y no porque lo considerara algo malo o reprobable. Nunca había sido racista y mucho menos ahora que tenía un hijo negro al que amaba con toda el alma y el cual le parecía el más bello del mundo. Lo que sucedía es que esa información la colocaba en una posición débil frente a Carlos. Ante los ojos de su pareja, de alguna manera ella era la culpable, ya no de una infidelidad pero sí de ser portadora de una herencia genética.

El rostro de María, como siempre, reflejó con claridad todos los pensamientos que circulaban por su mente y Lucía tuvo que contener una leve sonrisa. No era prudente evidenciar que ella celebraba ampliamente tener un nieto negro en la familia a pesar de los contratiempos que su arribo provocaba. En ese niño se cumplían sus deseos más profundos. Recordó que cuando estaba embarazada de su hija Luz María, hasta circularon apuestas entre Felipe y ella para ver si su futuro hijo tendría la piel negra o no. Para su enorme desilusión, su hija no salió como el padre. Felipe trató de convencerla de que eso era lo mejor pues así su hija nunca tendría que recibir una mirada de rechazo, ni experimentar lo que era la segregación, la exclusión, el desprecio. Felipe hablaba por experiencia propia, pero no tomaba en consideración que para Lucía tener una hija negra hubiera representado su mayor orgullo. Hubiera sido la mejor forma de mostrar al mundo la belleza de una raza poderosa, bella, sensual. Hubiera sido también la manera de pronunciar en silencio su discurso más sublime sólo con materializar dentro de un cuerpo la infinidad de murmullos que pronuncian quedamente ¡la raza negra es bella! Por nueve meses mantuvo la ilusión de que iba a lograr que perdurara en su hija todo aquello que amaba profundamente. Los carnosos labios de Felipe, su estilado cuerpo, sus prominentes glúteos, sus enormes dientes, sus bellos ojos, sus largos dedos, su inconfundible voz, su ritmo. Cómo le impresionaba la manera de bailar de Felipe. Sólo era necesario que moviera un músculo, uno sólo, para encenderla. Su cuerpo derrochaba cachondería, sensualidad. Ella nunca pudo bailar con nadie mejor que con su marido. Fue una verdadera desgracia que, cuando quedó parapléjico, ya no pudieran bailar como antes ni volvieran a hacer el amor de la manera tradicional porque vaya que encontraron formas de amarse intensamente más allá de besarse, acariciarse y mirarse en silencio por largo rato.

Ahora, mientras Lucía admiraba la belleza de Horacio, no podía más que disfrutar las paradojas de la vida. El destino no le permitió dar a luz una hija pero sí un nieto negro. Un niño de belleza impresionante que nadie esperaba, que llegó a sus vidas sorpresivamente. Y a Lucía le causaba mucha gracia que Luz María que tanto se vanaglorió de sus ojos azules y su cabello rubio y que tanto se empeñó en esconder su negro pasado, no hubiera podido evitar que un deseo remoto, pero muy profundo se colara en sus vidas.

El silencio sería total si no fuera por el sonido que las hojas del álbum de fotografías de Lucía producían al pasar de una página a otra. Las imágenes definitivamente son silenciosas. No tienen voz. Nos narran lo sucedido en tiempos pasados sin palabras, con miradas fijas, con sonrisas mudas.

María anhelaba ansiosamente que apareciera la esperada foto que hablaría de la verdad y no pudo evitar recordar a los merolicos de las ferias cuando anunciaban en voz alta "pase usted, aquí verá lo nunca antes visto". Había un secreto que se le iba a revelar en ese mismo instante y sus manos sudaban igual que el techo de la casa de la abuela. El sol había salido y estaba descongelando la escarcha que se había acumulado sobre la casa de Lucía en el transcurso de la noche. Las gotas hacían un sonido peculiar al tocar la tierra. Parecía un canto que acompañaba perfectamente el esperado momento.

María y su abuela estaban sentadas en el piso de la recámara de Lucía. Frente a ellas estaba el baúl de los recuerdos abierto de par en par. De su interior, Lucía sacaba diversas fotos para mostrar a su nieta. Era una ceremonia intensa, bella, íntima, mágica. María tuvo que controlar el deseo de revisar las fotos de manera desordenada. De buscar entre todas ellas las que tanto esperaba ver pero se contuvo.

Hubo una foto que capturó su atención. Era la de Gertrudis a caballo con sus cananas.

—¿Quién es ella?

—Gertrudis, mi tía abuela.

—¿Peleó en la Revolución?

—Sí.

—¿Y quién es el que está a su lado?

—Su esposo, Juan. Él también era un general de la Revolución.

—¿Y éste?

—Su hijo, que también se llamaba Juan; bueno, Juan Felipe, pero todos le decían Felipe.

María se acercó a un medallón de celuloide en el que había una foto de óvalo rodeada de flores. El rostro de ese hombre era poderosamente atractivo. Era un mulato de ojos claros.

—¡Qué guapo hombre!

—Sí, mi suegro era muy guapo.

—¿Tu suegro? No, yo te pregunté por esta foto —dijo, mostrándosela.

—Sí, perdón es que me imagino que no estás al tanto de los secretos de familia. Yo me casé con Felipe, el nieto de la tía Gertrudis, quien era el hijo del hijo que ella tuvo con Juan Alejándrez, o sea, me casé con el hijo de Juan Felipe. Y antes de que preguntes, sí, me casé con mi primo segundo.

—¿Y era mulato?

—Sí.

—¿Por eso mi hijo salió negro?

—Por eso y porque Loretta, la mamá de tu abuelo, también era de raza negra.

María no podía dejar de observar el profundo parecido que su hijo tenía con el bisabuelo. En el rostro de ambos resaltaba un par de bellos ojos azules. Después de observar las similitudes por un rato, María se animó a romper el silencio y preguntó:

—¿Mi mamá conoció estas fotos?

—Claro…

—¿Y por qué no dijo nada cuando mi hijo nació? ¿Por qué guardó silencio?

—Por vergüenza.

—¡No entiendo cómo pudo hacerme algo así!... ¡Todos me estaban repudiando, por Dios! ¡Mi matrimonio se fue a la ruina!…

María de inmediato tomó su celular y comenzó a sacar fotos con la intención de enviárselas a su hermana Carolina junto con un amable mensaje de "mira, pendeja, de dónde salió mi hijo con ese color de piel" y otro mensaje en el mismo tenor para Carlos que dijera: "Prueba de que no te fui infiel".

Lástima que no pudo hacer ni lo uno ni lo otro porque ¡no había Internet en el rancho! Para aliviar su frustración y de paso entender mejor la información que acababa de recibir, se puso a armar un árbol genealógico.

CAPÍTULO 4

Lucía fumaba un cigarrillo lentamente. La sesión de fotos con María le había alborotado la memoria y aprovechando que se había quedado sola, salió al porche para sosegar sus recuerdos. En el rancho no se escuchaba ningún sonido. Todo era quietud. Esa solitaria tarde invernal le brindaba el ambiente ideal para mantener los párpados cerrados y poder pensar en Felipe sin sobresalto ni distracción alguna. Lucía estaba consciente de que cada vez que pensaba en Felipe estaba corriendo un riesgo. Temía que por ahí pudiera surgir un recuerdo indómito que la hiciera recordar lo que no debía, lo que afanosamente intentaba ocultar. No contaba con la llegada de las remembranzas, las que no hacen ruido, las que no anuncian su llegada, las que lo atrapan a uno totalmente desprevenido y por eso resultan tan devastadoras. Sólo se necesita un pensamiento, uno sólo para que todo el mundo se derrumbe y junto con él se vengan abajo la escenografía, los telones, las máscaras y surjan de ultratumba los muertos, los fantasmas y con ellos todo lo que permaneció enterrado, oculto atrás de una sonrisa. De esas sonrisas socarronas que esconden la culpa. Esa tarde Lucía aprendió que no bastaba con mantener la boca cerrada para que los secretos permanecieran mudos. Lucía olvidó que los olores no se pueden silenciar, hablan con fuerza, rompen muros y saltan a la superficie a la menor oportunidad. Un aroma a lavanda proveniente de su huerto, se filtró por su nariz y la obligó a rememorar el olor de la barba recién rasurada y perfumada de Felipe. Ella era quien diariamente lo ayudaba a realizar esa difícil misión ya que tenía una barba muy cerrada. El agradable olor de la lavanda vino acompañado de un penetrante olor a sangre fresca con lo cual Lucía se dio cuenta de que estaba sola pero no a salvo.

María se había ido a la ciudad en busca de un café que proporcionara servicio de Internet gratuito. Al llegar al sitio, María de inmediato subió las fotos de sus antepasados a su Facebook, y se dispuso a esperar alguna reacción mientras se comía un pastel de chocolate. No fue una larga espera. Carolina se escandalizó al ver publicadas las fotos de su supuesto abuelo y bisabuelo y de inmediato le había enviado un mensaje directo a María en el que le pedía que por piedad parara de mentir, que hacía mucho daño a la familia inventando historias, que no sabía de dónde había conseguido esas fotos de afroamericanos que no tenían nada que ver con ellas. Le exigía que las bajara inmediatamente y dejara de atormentar a toda la familia. María se "prendió" con la respuesta, así que le había llamado por teléfono a la abuela para informarle que estaría un buen rato intercambiando correos bélicos con su hermana y que tardaría más de lo planeado en regresar. Afortunadamente, Lucía había tomado sus precauciones, consideró que no era conveniente dejar a María conducir en el estado emocional en el que se encontraba así que la había mandado a la ciudad en compañía del chofer y de Chencha, uno para que manejara el vehículo y la otra para que le ayudara a cuidar al niño mientras ella daba rienda suelta a su furia. La entendía. ¡Vaya que la entendía! Ella se había casado con un mulato que aparte era su primo y tuvo que enfrentar muchas situaciones similares. Claro que en esos tiempos no había Internet y los fenómenos de agresión y odio no se volvían virales. Pero para el caso era lo mismo. Uno sufría y punto.

Recordó las miradas cargadas de desaprobación que recibió la primera noche en que bailó con su primo. Felipe acababa de llegar a México proveniente de Chicago y todo en él resultaba atractivo, bueno, al menos para Lucía. Los cuchicheos entre los invitados a la fiesta no paraban. Casi en secreto se comentaba que Felipe era el nieto de Gertrudis, la Generala. Si a alguno le fallaba la memoria, sólo tenían que mencionar "la que se fue encuerada a lomo de caballo" y en seguida todos sabían de quién estaban hablando. Sorprendentemente, la importante participación de Gertrudis en la lucha armada resultaba irrelevante y pasaba a segundo plano ante la poderosa imagen de la mujer desnuda que ya era parte del imaginario colectivo. Sus logros en el campo de batalla o del activismo social se habían visto disminuidos con el correr de los años ya que al triunfo de la Revolución, Gertrudis quedó tan decepcionada de que en la Constitución Mexicana de 1917 no se le concediera el voto a las mujeres, que después de mentar madres e insultar a todos los que pudo, decidió irse a vivir fuera del país. Se mudó a Chicago con la intención de colaborar con las mujeres sufragistas. Al llegar, se encontró con que la historia del sufragio femenino en Estados Unidos era complicada. Algunas organizaciones buscaban el derecho al voto pero sólo de las mujeres blancas. Entonces buscó a Ida B. Wells, una mujer negra que había fundado en el año de 1913 el Alpha Suffrage Club of Chicago y se unió a su lucha.

La buena estrella que siempre acompañaba a Gertrudis la hizo llegar al barrio de Hull House, el cual, a diferencia de otras comunidades de inmigrantes, estaba integrado por varios grupos étnicos que convivían en relativa paz. Mexicanos, italianos, griegos, polacos y afroamericanos se respetaban unos a otros y no se discriminaban. En ese sitio, Gertrudis logró lo que anhelaba: que su hijo creciera en un lugar en donde no fuera "el mulato" del pueblo, pero no pudo evitar que años más tarde, su nieto Felipe regresara a México a despertar todo tipo de comentarios relacionados con su aspecto físico pero también a escribir una poderosa historia de amor con su prima Lucía.

Lucía sacó de la bolsa de su delantal una carta que había escondido cuando le estaba enseñando a María las fotos de la familia. Era una carta que ella le había escrito a Felipe y no quería que su nieta la viera. El papel ya estaba amarillento.

"¿Amor, te acuerdas cuando tenías cuerpo y podíamos abrazarnos? Un abrazo tuyo tenía todo el peso del cielo. Era como quedar bajo el cobijo de un árbol milenario. Era la paz. Era el sueño tranquilo. Era la certeza de que no había nada que pudiera lastimarme. ¿Te acuerdas cuando tenías boca y nos besábamos como locos? ¿Te acuerdas cómo nos amábamos después del beso? ¿Te acuerdas que una de nuestras inolvidables noches de amor hicimos una proyección de cuántas veces más íbamos a hacer el amor en nuestras vidas? Me parece que nuestro cálculo más conservador y tomando en cuenta que estábamos cerca de los cuarenta años fue que tendríamos por delante unos 35,000 encuentros amorosos. Te moriste a los 4,535 días después, habiendo cubierto sólo 9,075 de los encuentros pronosticados. O sea, me quedas debiendo 25,925 noches de amor. El día de hoy fui a la playa, escribí tu nombre en la arena y una ola lo borró. Comprendí que ya nada te contiene. Ya no eres un cuerpo. Has regresado a casa. Ahora eres parte del mar, del viento, del universo entero. Recuerdo la noche que pasamos en el desierto mirando un manto de estrellas realmente conmovedor y nos pusimos a conversar sobre el big-bang. Me explicaste claramente que nuestro cuerpo está constituido por materia estelar y que hemos estado presentes desde el inicio de la creación. Desde el primer estallido celeste. Tus cenizas tienen esa misma fuerza. Están incendiadas de amor. Tú, todo tú, eres amor incandescente. Amor que no muere. Amor que permanece. Amor que no duele, aunque en este instante me encuentre llorando."

En cuanto terminó de leer la carta por última vez, la encendió utilizando el fuego de su cigarrillo. Ya nadie más la volvería a leer. Era demasiado íntima, demasiado dolorosa. Mientras el papel se consumía, Lucía pensó que sería genial que uno pudiera "quemar" la culpa con sólo desearlo. La culpa que Lucía cargaba en sus espaldas era tan grande, tan insoportable, que la obligó a hacer lo que todo el mundo hace en esos casos: proyectarla afuera. Buscar a quién culpar, al que fuera y donde fuera pero menos a ella.

Como primer mecanismo de defensa, quiso inculpar al mismo Felipe, el que murió en sus brazos. El que se dejó vencer. Recordó sus ojos, su piel, su voz. Fue una pena que cantando como lo hacía no lograra consagrarse como un artista internacional. Cuando Felipe cantaba en un ambiente seguro y rodeado de amigos y familiares lo hacía de maravilla pero si lo tenía que hacer frente a un gran público, la voz se le cerraba. No hubo manera de que superara ese impedimento. Ni el apoyo incondicional de Lucía, ni sus ambiciones personales. No pudo. Nunca pudo.

Dicen que ese problema se manifestó por primera vez en una iglesia católica del barrio en donde había crecido. Una vecina, conociendo sus capacidades vocales le había pedido de favor a Loretta, su madre, que le permitiera a su hijo cantar el Ave María en su próxima boda. Loretta accedió. Felipe se aprendió la letra con gran empeño pues le era completamente ajena, ya que su familia profesaba la fe protestante. Cuando el momento llegó, Felipe comenzó a cantar con su privilegiada voz y por supuesto capturó la atención de los presentes quienes quisieron ver quién era el cantante y cuando sintió la mirada de los invitados sobre su persona, su garganta se cerró y no pudo continuar. Fue un desastre total.

Lucía pensó que no debería haberlo forzado tanto a presentarse en público. Pensó que mejor hubiera sido disfrutarlo en familia y punto. Sintió una punzada de culpa y entonces supo que tenía que buscar a otro culpable o de lo sucedido, de lo contrario ella quedaría como la única responsable. Entonces centró sus pensamientos en los estragos que causa la esclavitud no sólo en una persona, sino en sus descendientes. En Felipe parecían juntarse todos los miedos del mundo, todos. Y se le aglomeraban en la garganta. La esclavitud pues, era la culpable de todo lo ocurrido. Era la memoria presente y constante del dolor, era el esparadrapo en la garganta, era la parálisis de las cuerdas vocales. Trató de recordar la voz de Felipe. Su voz de relámpago, de sensualidad, voz que a María le provocaba llanto. La clave del éxito que logró obtener a pesar suyo estaba relacionada con su manera de frasear. La copió de Frank

Sinatra y Billie Holiday. Claro que su fraseo tenía un carácter muy personal, era como una forma de orar, de respirar, de susurrar secretos al oído. El poderío de su voz consistía en dejar que por su boca vibraran los sollozos de aquellos que vieron por última vez el mar de África, o contuvieron el grito ante el golpe del látigo en sus espaldas. Algunas veces también tenían un carácter ritual, como los cantos de los esclavos a la luz de la luna.

De pronto, Lucía detuvo sus pensamientos. Escuchó una voz que la estremeció. Tenía un tono idéntico al de Felipe. Buscó de dónde provenía ese llanto poderoso y descubrió que de su bisnieto, que acababa de regresar al rancho. María lo traía en brazos y se dirigió directamente hacia ella en busca de ayuda. A Lucía le agradó escuchar esa voz que no tenía el menor asomo de represión o miedo o pena. La garganta de ese niño vaya que se expresaba con libertad.

Horacio lloraba con desesperación y María no sabía qué hacer para calmarlo. Había comenzado a llorar en camino de regreso al rancho. Chencha opinó que al "ñiño" le zumbaban los oídos de tanto mal pensamiento que recibía. María le pidió que por favor dejara de emitir sus opiniones porque la ponían muy nerviosa. Como madre primeriza, María no sabía qué hacer y estaba a punto de que le diera un ataque de pánico. Lucía, al ver a su bisnieto, de inmediato supo que el niño tenía dolor de oídos y le pidió a su nieta que se dirigieran a la cocina. De inmediato tomó una cuchara sopera, vertió en ella unas gotas de aceite de oliva y le colocó un diente de ajo pelado. Luego puso la cuchara directamente sobre el fuego hasta que el ajo comenzó a dorarse. Pidió a María que le trajera un frasco con algodón que tenía en su tocador y María obedeció. Lucía apagó el fuego y sacó la cuchara por la ventana de la cocina para enfriar el aceite. El frío exterior la templó de inmediato y acto seguido, tomó un trozo pequeño de algodón y con él absorbió el aceite con ajo para después exprimirlo sobre el oído de su bisnieto. Le pidió a María que le sostuviera la cabeza mientras ella dejaba caer la gota de aceite tibio en el pequeño orificio del oído de Horacio.

—¿Abuela estás segura de lo que estás haciendo?

—Claro que sí…este niño tiene dolor de oídos…

—¿Pero cómo lo sabes? ¿Cómo puedes estar tan segura? ¿No será mejor que lo llevemos al doctor?

—¿Y no será mejor que me ayudes? ¿No te das cuenta de que tu hijo se retuerce e inclina su cabecita de lado?

Hasta entonces, María se dio cuenta de que efectivamente Horacio realizaba ese movimiento de manera repetitiva y se dispuso a ayudar a la abuela quien no dejaba de sorprenderla con sus conocimientos. A los pocos minutos el dolor se calmó y Horacio pudo dormir nuevamente. María lo dejó en su cuna y buscó a la abuela quien a pesar del intenso frío se encontraba nuevamente fumando en el porche.

—Abue…

—Dime…

—¿Tendrás una foto de mi mamá en la que aparezca con su papá?

—Sí…

—¿Me la enseñas?

—Claro que sí… pero si es para enviársela a tu hermana te digo que pierdes el tiempo… no lo va a creer… va a decir que es un fotomontaje…

—Sí, de seguro, pero igual se la quiero mandar, en algún momento me tiene que creer…

—La gente sólo ve lo que cree y por más pruebas que le des ella no lo verá… pero no importa, vamos, te muestro nuevas fotos…

CAPÍTULO 5

"Como te ves, me vi… Como me ves te verás" es una frase que Lucía escuchó decir a su madre infinidad de veces. Obviamente el dicho popular contiene una gran sabiduría, pero su significado se remite al tiempo, al que pasa, al que transita, al que deja huella, y como Lucía no creía que los seres humanos sólo fueran la certeza de que el paso de los años inexorablemente deteriorará su cuerpo, prefirió no utilizarla. Sobre todo porque dudaba que María pudiera realizar el mismo ejercicio de reconocimiento que ella estaba haciendo con su nieta pero a la inversa. La prueba es que cuando le mostró una foto de su boda con Felipe, María le preguntó ¿ésta eres tú, abuela? Para nada la reconoció. Así que pedir que María pudiera o quisiera imaginar la apariencia que su abuela tenía cuando era joven era mucho pedir. A lo más que podría llegar es a saber que

Lucía no siempre fue así, pero esa Lucía que vivió en el pasado y que permaneció tanto tiempo oculta a sus ojos nunca tomará vida aunque la vea en fotos. Uno tiende a pensar que sólo lo que ve es real y tiene vida. Todo aquello que uno no vio con sus propios ojos y no se registró en la memoria, simplemente no existió. Ni siquiera lo podemos reconocer porque primero tendríamos que haberlo conocido. Sin embargo, vive, tiene existencia propia y se puede presentar en nuestras vidas de la manera más inesperada. Como el nacimiento de Horacio, por dar sólo un ejemplo. Pero esa Lucía que algún día fue, sigue estando viva. Parecen ser dos personas diferentes pero no lo son. Son una sola que vibra con la misma fuerza que antes. Pero para verla, para reconocerla, se requiere un conocimiento previo y unos ojos educados para hacerlo. A Lucía le inquietó pensar en que ya no vivía nadie que la hubiera visto crecer, embarnecer, florecer, bueno, a excepción de su querida amiga Annie, pero hacía años que había perdido contacto con ella. De ahí en fuera, todos estaban muertos. Y con ellos, el recuerdo de aquella Lucía que capturaba miradas, que despertaba deseos, que bailaba, que reía, que cantaba, que soñaba, que amaba como pocas. No podía pretender, pues, que María se imaginara que alguna vez se vio como ella. Que tuvo el pelo largo, negro, brillante, que sus labios arrugados de tanto fumar alguna vez estuvieron llenos de sensualidad y besaron hasta el cansancio. Que sus lentas piernas caminaron con firmeza, se entrelazaron con otros muslos con placer y volaron. ¡Sin duda que volaron!

No, los ojos de María veían otras cosas, se interesaban por otros asuntos. Miraban con sorpresa las fotos de Lucía en su juventud pero al levantar la vista sólo eran capaces de observar a una vieja que gusta sentarse en el porche, encender un cigarrillo y cerrar los ojos. Por supuesto ignoraba que mantenía los párpados apretados para ver a los que ya no tienen cuerpo pero están a su lado, viven en ella. Los que le hablan, los que le cantan, los que le susurran… y a los que Lucía observa como si fuera la primera vez. Si María pudiera imaginar siquiera los intensos encuentros amorosos que la abuela revivía durante sus contemplaciones, se desmayaría, le parecería obsceno. Si los hijos no están preparados para imaginar a los padres amando, mucho menos a los abuelos.

En un juego de espejos, Lucía miraba a María observando las fotos familiares y podía recordarse en el cuerpo de su nieta. No sólo eso, reconocía en ella los gestos, las miradas y los movimientos de algunos de sus parientes muertos. Lo que una y otra observaban en las fotos que tenían sobre la alfombra era totalmente distinto. María veía datos genéticos con los que lavaría su honra. Lucía veía al Felipe que tanto amó, al de los ojos enormes de intenso mirar. No podía dejar de relacionarlos con los de Horacio, su bisnieto. Tenían el mismo color pero una distinta forma de mirar. Lucía consideró que nunca nadie la vio ni la ha vuelto a ver como los ojos de Felipe. En ese instante cruzó por su mente una imagen terrorífica: la de la última mirada que Felipe le lanzó antes de morir, bueno, más bien antes de que ella lo matara. Su mente dio voz de alarma y entonces Lucía se evadió del doloroso recuerdo reconstruyendo con claridad la primera vez que Felipe la vio con amor. Esa mirada fue tan imborrable que nada ni nadie la pudo reemplazar. Felipe y Lucía tenían años de no verse debido a que él vivía en Chicago al lado de sus padres.

Regresaron para el aniversario de bodas de Esperanza y Alex, los padres de Lucía. Fue una celebración muy emotiva. Esperanza, por muchos años se rehusó a hacer fiestas ese día debido a que su aniversario de bodas lamentablemente coincidía con la fecha en la que Pedro, su padre, y su tía Tita se habían incendiado junto con todo lo que fue el rancho de la familia de La Garza. Ésa era una de las pérdidas más grandes que Esperanza había tenido que enfrentar y le llevó un buen tiempo recuperarse y finalmente aceptar que la fecha de la inesperada muerte de Tita, a quien consideraba su verdadera madre, no sólo marcaba el día de su partida de este mundo sino que era el recordatorio de la amorosa unión que estableció con su padre fuera del tiempo y de las reglas sociales. Ese día, pues, era para celebrar el amor, el amor que fundía cuerpos de manera poderosa, el amor que con una llamarada amalgamó en un mismo día la unión de Tita con Pedro y de Esperanza con Alex. Con esa intención en mente hicieron los preparativos de la fiesta a la que acudieron muchos de los invitados que asistieron a la boda original de Alex y Esperanza y que se salvaron del incendio gracias al efecto del banquete que Tita había preparado ese día y que provocó en todos ellos un deseo irrefrenable de ausentarse de la fiesta para irse a hacer el amor con desenfreno. Por supuesto que Gertrudis y su familia no podían faltar en dicha celebración y vinieron desde Chicago con el ánimo de participar en el festejo. Nadie se imaginó que ese día aún les tenía preparada una sorpresa. En cuanto los primos se vieron a los ojos algo sucedió. Felipe saludó a Lucía y justo cuando le tomó la mano la orquesta que amenizaba el evento comenzó a tocar la canción favorita de Felipe y sin dudarlo un segundo jaló a Lucía a la pista de baile.

Lucía, entre risas, se dejó conducir. Y en cuanto Felipe colocó su brazo alrededor de la cintura de su prima algo sucedió. Lucía sintió que flotaba, que se trasladaba a un tiempo fuera del tiempo. Era como si la letra de la canción Where or When describiera totalmente lo que ella sentía en ese instante:

"It seems we stood and talked like this, before
We looked at each other in the same way then
But I can't remember where or when."

Parece que estuvimos parados aquí platicando antes,
nos miramos de la misma forma aquella vez,
pero no recuerdo dónde ni cuándo.

No supo cómo ni por qué pero su piel reconocía el contacto de las manos de Felipe. Como si ya antes la hubiesen acariciado por noches enteras. Sus cuerpos seguían el ritmo de la música como si hubiesen ensayado por meses. Todo le era familiar: la forma en que Felipe sonreía, el olor que despedía su cuerpo pero sobre todo la forma en que la miraba. Sus ojos. Sus enormes ojos azules fuertemente contrastados por el color de una piel achocolatada, definitivamente la hacían perderse en el tiempo.

"And so it seems that we have met before
And laughed before,
And loved before
But who knows where or when."

Y parece que nos conocimos antes,
y nos reímos antes,
y nos amamos antes,
pero quién sabe dónde ni cuándo.

Era curioso experimentar una sensación de cercanía y familiaridad tan enorme con alguien tan distinto a los demás. Felipe vestía a la moda de Chicago. El corte de los trajes durante los años de la posguerra se caracterizó por la utilización de pantalones de cintura alta y sacos de solapas amplias y hombreras grandes. La estilizada figura de Felipe no podía verse mejor con esa elegante manera de vestir, lo cual lo hacía aún más atractivo. Para Felipe resultaba extraño ser el foco de atención. Lo hacía sentirse intimidado. Con la única persona que no sucedía eso era con Lucía. Con ella se dio de inmediato una conexión inexplicable y poderosa.

De pronto, al dar un giro de baile, se desprendió el medallón que Lucía llevaba en su cuello. Había sido el regalo que Gertrudis, su tía abuela, le había dado para celebrar sus quince años. En vida perteneció a Mamá Elena, su bisabuela y dentro contenía una foto de ella junto con la de un mulato que fue el amor de su vida y padre de Gertrudis. El hecho de que la cadena se rompiera y liberara el dije resultó mágico, pues tanto Felipe como Lucía se inclinaron al mismo tiempo para recogerlo. Sus rostros quedaron tan cerca que fue imposible contener un beso, el cual resultó una descarga poderosa, un relámpago de luz interna que cimbró a Lucía de pies a cabeza y le provocó una comezón insoportable en el centro de la vagina.

La voz de María la regresó al presente.

—¿Quién fue la primera persona de raza negra en la familia?

—José Treviño. Su familia llegó a Piedras Negras huyendo de la Guerra Civil en Estados Unidos. Mira, aquí está una foto de él…

Lucía sacó una vieja libreta del fondo del baúl. Buscó entre sus páginas hasta que encontró la foto de José Treviño y se la mostró a María.

—¡Qué guapo…!

—Así es…

—¿Y esta libreta, de quién era?

—Era el diario de Tita…

—¿Y quién era Tita?

—Tu tataratía…

—¿Me lo podrías prestar?

—Claro…

—¿Por qué está como quemado?

—Porque se salvó de un incendio… esa es una larga historia que otro día te contaré… ahora estoy un poco cansada…

Lucía no estaba cansada, sólo deseaba cerrar los ojos, viajar en el tiempo y gozar a Felipe un poco más. María apartó para sí el diario de Tita y antes de cerrar el baúl colocó en su interior todas las fotos que la abuela y ella habían sacado. Casi al final descubrió una foto suelta que capturó poderosamente su atención. Era una fotografía muy desgastada. En ella aparecía una mujer negra de una belleza extraordinaria. Estaba en medio de un campo algodonero. Un pañuelo le cubría la cabeza y con sus manos sostenía el delantal arremangado lleno de flores de algodón.

Atrás de la foto aparecía un texto en inglés: "Strange Fruit".

—¿Y esta mujer?

—Era la mamá de José Treviño.

—¿Me la puedo quedar?

—Junto con todo lo que quieras… estas fotos estaban destinadas al olvido de no ser por ti.

CAPÍTULO 6

María observaba con cuidado el rostro de Tita que aparecía en la primera página de su diario. Le parecía increíble que nadie en su familia le hubiera hablado de ella pero tal vez lo que más le sorprendía era saber que no se había casado porque tenía que cuidar a su mamá hasta la muerte. ¿Cómo entender esta actitud de obediencia en pleno siglo XXI? Bueno, siendo sincera tenía que reconocer que había otras formas modernas de sumisión. Las personas que pertenecen a organizaciones delictivas o a partidos políticos tienen que obedecer a sus dirigentes a riesgo de ser expulsados del grupo. La estructura piramidal sostiene todo tipo de organizaciones alrededor del globo. Los de arriba dictan las órdenes, y los de abajo obedecen. Así de simple y terrorífico. Sin cuestionamientos de por medio, sin chistar, sin dar una opinión y sin darse cuenta de que las órdenes que tan ciegamente siguen están diseñadas para convertirlos en víctimas de un sistema opresor que decide qué es lo que deben hacer, qué es lo que deben comer, a qué tipo de educación pueden acceder y a cuál no, incluso a quién se debe amar y a quién no. Entre una madre represora y el sistema que nos gobierna, María no veía una gran distancia. Y si en el pasado una hija renunciaba al matrimonio, hoy se renuncia a una vida digna.

Lo maravilloso de la historia de Tita es que ella, desde la cocina, había encontrado la libertad, había encontrado la forma de transmitir la energía amorosa a través de lo que cocinaba, había dado con la fórmula para escapar de las absurdas reglas que la sociedad y la familia le impusieron. Había encontrado la ruta de escape a la opresión y la había dejado escrita para que no hubiera duda. Por medio de ese conmovedor testimonio, Tita la hizo llorar, la hizo reír, la hizo reflexionar y la dejó con miles de dudas en la cabeza. Su lectura le resultó fascinante. Leyó el diario de un tirón y a pesar de que cerró el libro, siguió obsesionada con la mirada de Tita. No podía sacarla de su cabeza. Parecía pedir ayuda. En el diario sólo había una foto de ella. Al día siguiente le preguntó a la abuela si tenía más fotos pero le respondió que muy pocas pues el fuego acabó con el rancho en donde

Tita había vivido. Lo único que se salvó fue ese diario que quedó protegido bajo un metate. Las pocas fotos de Tita que sobrevivieron fueron las que Gertrudis, su hermana, tenía en casa. No eran muchas. Tita aparecía en una que otra foto familiar de bodas, bautizos, reuniones familiares y días de campo, pero eran pocas en verdad.

En la primera la foto del diario, Tita aparecía al lado de su madre, la cual era tataratatarabuela de María. La mirada de esa mujer era escalofriantemente fría y acusadora. Después de contemplarla por un rato, María llegó a la conclusión de que era idéntica a la de Luz María, su madre, quien por lo visto le heredó su manera de observar y de juzgar. Muy poca gente pudo sostener una mirada de reproche de su madre. María sentía que los genes dominantes son como un arcón enorme que llevamos dentro pero que desconocemos. El color de ojos, de piel, las enfermedades, están ahí, esperando unirse a otro gen para tomarnos por sorpresa y hacernos decir: ¿De dónde salieron estos ojos azules o ese pelo rizado o esa piel negra? ¿Qué absurda necesidad obliga a esos genes extraviados a deambular sin rumbo aparente para, de pronto, aparecer en nuestras vidas y trastocarlo todo? ¿A quién obedecen? ¿Qué leyes los gobiernan? ¿Qué es lo que activa la información que ha estado latente? A María le resultaba aterrador darse cuenta de la cantidad de información desconocida que circulaba por sus venas. Estaba descubriendo que era portadora de una enorme carga genética proveniente de parientes lejanos que incluía todo tipo de miedos, prejuicios y culpas, que ella portaba dentro de su cuerpo como se conservan las mejores noches de amor, el olor a rosas o el sabor del chocolate.

La lectura del diario le despertó un hambre incontrolable. Se dirigió a la cocina en busca de alimento. Eran las cuatro de la mañana. Horacio dormía en su cuna y decidió abandonarlo por un momento pues ya no podía controlar el antojo. Estaba comenzando a aceptar que tenía problemas con la comida. No sabía qué hacer. Cuando aún vivía en la Ciudad de México intentó ponerse a dieta. Por las mañanas daba inicio su programa de jugo-terapia. Su organismo respondía muy bien. No le faltaba energía y para nada le daba hambre. Pero en cuanto se iba a dormir comenzaban los problemas, las pesadillas y los deseos escondidos. Soñaba con comida. Y entonces, en un estado de completo sonambulismo, se dirigía a la cocina y abría el refrigerador dispuesta a devorar lo que fuera. Cuando despertaba del todo ya era demasiado tarde, en pocos minutos se había empacado todo lo que había podido. En casa de la abuela, su dieta prácticamente estaba destinada al fracaso pues dentro de su refrigerador uno podía encontrar verdaderas delicias y enormes tentaciones.

María cada día confiaba menos en ella misma. Conscientemente deseaba con toda el alma recuperar su figura y perder todos los kilos que había ganado con su embarazo, pero en cuanto se dormía, su subconsciente tomaba el poder y la obligaba a hacer aquello que no deseaba. Al día siguiente, amanecía con una cruda emocional enorme y tratando de volver al buen camino se prometía que sólo por ese día no rompería la dieta. En lugar de desayunar unos huevos rancheros con chilaquiles, que era en verdad lo que se le antojaba, se preparaba uno de sus jugos. Ponía en la licuadora espinacas, algunos frutos rojos, una manzana, nueces y luego se lo tomaba. Inmediatamente se sentía bien y juraba que así seguiría todo el día. La verdad le gustaba mucho su dieta porque la obligaba a comer alimentos que de otra forma no ingeriría. Ella nunca comía manzana, por ejemplo, porque le parecía una pérdida de tiempo. Tener que masticar un buen rato la desesperaba. Le causaba angustia, en cambio si la licuaba, en un segundo podía darle a su cuerpo alimentos sanos sin necesidad de estar masticando. Pasaba todo el día haciendo su dieta de jugos y sintiéndose a cada minuto una persona sana. Antes de irse a dormir se congratulaba de haber podido controlar su apetito y se iba a la cama con la conciencia tranquila y la autoestima en alto. Pero en cuanto cerraba los ojos, comenzaba el desfile de pasteles, tacos, tortas, tamales y sin poder resistir, invariablemente terminaba rompiendo su promesa y sintiéndose la mujer más fracasada del mundo. En ese preciso momento cuando se encontraba atravesando el umbral de la derrota de la voluntad, se abrió la puerta de la cocina y apareció Lucía recién levantada. Su día comenzaba a esa hora de la madrugada. Vio todo lo que su nieta había comido. La huella del delito estaba sobre la mesa. Restos de chocolates, migajas, etc… A manera de saludo le preguntó a su nieta a bocajarro:

—¿Y tú, nunca aprendiste a tejer?

—No…

—¿Y a bordar?

—Menos…

María le dio el último bocado a una concha con natas que tenía en la mano y mientras se limpiaba la boca pensó en la absurda pregunta que le había hecho su abuela. No le encontraba el menor sentido y menos a esa hora de la madrugada.

CAPÍTULO 7

María y su abuela tejían con entusiasmo. Habían comenzado a las cinco de la mañana y aún no daban muestras de cansancio a pesar de que ya era la hora de la comida. El tiempo se les había ido volando.

Para María esta actividad resultó todo un descubrimiento. Ella nunca aprendió a tejer pues le resultó mucho más importante desarrollar su intelecto, estudiar, conseguir una maestría. Por años consideró que tejer era para señoras que no tenían nada que hacer. Sin embargo, tenía que reconocer que el conocimiento adquirido afanosamente durante sus años universitarios no había logrado proporcionarle paz. Tal vez había un tipo de conocimiento, un saber ancestral que no había encontrado y quizá porque buscó en el lugar indebido pues esta sabiduría no sólo estaba encerrada en los libros, estaba en actividades íntimas, cotidianas que por simples no eran tomadas en cuenta por los estudiosos. Tejer, ahora lo consideraba, le había dado sentido a toda la humanidad por miles de años. Se tejía para arropar, para hacer cuerdas, para plasmar historias y símbolos dentro de bellos textiles. En la antigüedad los varones también tejían, los niños tejían, ya no se diga las mujeres. Tejer era repetir el mito de la creación puntada a puntada.

Con gran alegría descubrió que además, en todo ese tiempo en que había estado enfrascada en el manejo de las agujas, no había pensado en comida. Ni en qué le iba a decir a la cabrona de su hermana la próxima vez que la viera, ni en la mirada de desprecio que le iba a lanzar a Carlos el día en que se divorciaran. La noche anterior recibió un mensaje de su abogado pidiéndole el divorcio. María se indignó tanto que ni siquiera lloró. Como bien decía su abuela ese hombre no se merecía ni una sola de sus lágrimas… ni de sus pensamientos. Por eso encontraba tan encantador el tejido. Sólo tenía que concentrarse en el derecho y el revés. Nada más. Y mágicamente sus manos daban forma a algo nuevo. Sentía que sus dedos eran largas hebras de luz que entrelazaban el estambre bajo las reglas de un nuevo ordenamiento: el del amor. ¿Qué podía ser más importante que estar tejiendo un suéter para cubrir a su hijo? Para arroparlo, para abrazarlo, para decirle que su amor por él era tan grande que con sólo una prenda podía subsanar todas las carencias afectivas de las que era objeto por parte de su padre. Tejer para su hijo…

—Abuela ¿tú tejías para mi mamá?

—Claro. Desde que nació… en especial el día de su cumpleaños y para Navidades… bueno, hasta que dejamos de vernos…

A María le vinieron a la mente imágenes difusas de esa última Navidad en casa de la abuela y del suéter que su mamá recibió como regalo. En vida nunca lo usó pero antes de morir le pidió que lo buscara y se lo llevara al hospital. Murió antes de poder estrenarlo. María pensó que tal vez su mamá quiso que el cariño de su madre la arropara antes de partir de este mundo.

—¿Y tú, le enseñaste a tejer?

—¿A quién?

—A mi mamá…

—Claro, y lo hacía muy bien.

Y sin querer, María se puso en lugar de su psicoanalista y mentalmente se preguntó a sí misma…

—¿Por qué crees que tu mamá no te enseñó a tejer?

Y mentalmente se respondió:

—Porque no quería estar unida a su mamá…rompió con ella y con todo lo que ella representaba…

—¿Y para no ver a su madre reflejada en ti evitó a toda costa transmitirte ese conocimiento?

—Sí, es lo más probable…

—¿Y a ti, por qué nunca te interesó tejer? ¿Por qué querías estudiar tanto?

—Obviamente porque yo quería parecerme a mi mamá… porque quería que ella se sintiera orgullosa de mí, de mi intelecto…

—¡Wowwww! Hasta la psicoanalista me voy a ahorrar… exclamó en voz alta…

La abuela la volteó a ver pero no hizo el menor comentario, en seguida volvió a su tejido. María la entendía, a ratos, esa actividad invitaba al silencio. María, durante toda la mañana, sólo dejó su tejido de lado para darle de comer a Horacio pero en seguida había retomado las agujas. Encontró que la relajaba por completo, que era una forma de meditar, de encontrar paz. No cabía duda que la abuela era sabia. En esos difíciles momentos que estaba atravesando, en los que todos la hacían a un lado con desprecio, tejer resultaba una forma de sostenerse, de mantenerse en pie, de ordenar sus pensamientos, de controlar su ansiedad. Descubrió que al tejer uno podía sostener maravillosas conversaciones con uno mismo, con los demás o de plano compartir el silencio. Era una actividad tan apasionante que ni siquiera sentía la necesidad de ver su Facebook, ni de leer sus correos ni de involucrarse en discusiones tontas y brutalmente agresivas del Twitter.

Agradeció que ese día la abuela le enseñara a tejer. Sentía que tejer sería un parteaguas en su vida. Antes de ese día la abuela y ella eran un par de familiares desconocidas, pero ahora estaban tejiendo lazos, afectos y una complicidad grandiosa sin necesidad de hablar. A la hora del atardecer, la abuela le preguntó si no le molestaba que pusiera música. María respondió que no y entonces la abuela sacó de otro baúl uno de sus discos LP favoritos y lo colocó en un tocadiscos. La música de Billie Holiday inundó el estudio de su abuela, al que todos llamaban tal y como lo había bautizado en vida la Mamá Elena: el cuarto oscuro. Un cuarto del que ya sólo quedaba el nombre pues la luz lo inundaba la mayor parte del día. Lo que pasaba era que no era el cuarto original. Era una reconstrucción del que fuera el cuarto de baño de Mamá Elena. A la muerte de su madre, Tita lo ocupó y le realizó la primera remodelación para convertirlo en su laboratorio-estudio-cocina-cuarto de baño-habitación. Dejó la tina en el centro porque le gustaba la idea de bañarse ahí mismo, en el sitio en donde Pedro y ella habían hecho el amor por primera vez. Con el paso de los años había sufrido varias reconstrucciones y remodelaciones. La primera surgió después del incendio del rancho en los años 30 obedeciendo el profundo deseo de Esperanza, la bisabuela de María, de dejar el lugar tal y como Tita lo había diseñado en vida. En un costado del cuarto había una cocineta con trasteros en donde se mezclaban por igual sartenes de hierro forjado junto con microscopios y probetas. Lo único que Lucía había aportado era un altar en donde tenía una foto de Felipe, a la cual se le ponían a diario un jarrón negro con claveles rojos. Definitivamente se trataba de un lugar sui géneris, mágico, especial. Era un lugar de encuentros, de transformaciones, de contacto con la luz. Lucía no sabía a partir de qué época había comenzado a utilizar veladoras como medio de calefacción durante el invierno. No lo hacía en toda la casa, sólo en el cuarto oscuro. Resultaba un método bueno pues no sólo proporcionaba calor sino que iluminaba el lugar con una luz muy especial. Elemento que una buena tejedora agradece en extremo.

Y ahí estaban las dos. Lucía y María, abuela y nieta, escuchando música y tejiendo en lo que fuera el cuarto oscuro de Mamá Elena, el sitio en donde esa poderosa mujer gustaba bañarse a oscuras, en el lugar en donde Tita perdió su virginidad, en donde finalmente, y mediante un baño de chocolate, se reconcilió con su madre, en el lugar en donde Lucía y Felipe dieron rienda

suelta a la concupiscencia, en el lugar en que Felipe falleció, en el lugar en donde Tita y Pedro se incendiaron
de amor y volvieron a la luz.

"I'll be seeing you
In all the old familiar places
That this heart of mine embraces
All day and through
In that small cafe
The park across the way
The children's carousel
The chestnut trees
The wishing well…"

Te veré
en todos los lugares conocidos
que mi corazón abraza,
todos los días,
en ese pequeño café,
el parque de enfrente,

el carrusel de los niños,
en los árboles de castaña,
en el pozo de los deseos.

Lucía y María escuchaban a Billie Holiday cantar I'll Be Seeing You mientras tejían una historia memorable juntas. En un sitio que tenía la vocación de desnudar, de prender fuego, de realizar rituales donde la oscuridad se torna luminosa, donde el canto saca a la luz la emoción largamente reprimida y la convierte en lágrimas que limpian el alma. Sacar a la luz lo que se ha escondido siempre será un acto de liberación, de sanación. Abuela y nieta sanaban al tiempo que dejaban caer sus lágrimas sobre el tejido. Lucía, sin decir palabra, le dio un pañuelo desechable a María y continuó llorando. María no le preguntó por qué derramaba lágrimas.

Era obvio que lo hacía, al igual que ella, por un hombre que en ese momento no estaba a su lado o estaba pero no de manera corporal. Sólo había que ver la manera en que la abuela honraba la memoria del abuelo. El ritual mediante el cual le cambiaba a diario los claveles rojos, la devoción con la que sacudía el polvo que por la noche se acumulaba sobre el piano que perteneció a su bisabuela Esperanza y en donde él tantas veces tocó. El abuelo estaba presente en cada partitura, en cada corbata, en cada sombrero, en cada pañuelo, en cada uno de los objetos que le pertenecieron y que la abuela cuidaba y valoraba. Lucía tenía un baúl lleno de afectos y una mente plagada de imágenes que la música reactivaba. En el sonido, en la luz es donde se recupera todo lo amado. Pero esas dos mujeres no se percataron que dentro de ese espacio tan cargado de invisibles presencias, había una poderosamente real, contundentemente luminosa a la que no le quedó otra que hacerse presente mediante el llanto. Horacio inundó con su voz potente hasta el último rincón del cuarto oscuro. Pedía su alimento. El llanto del niño era un anuncio, un presagio, una certeza de que en él estaban presentes todos los hombres que tanto amaron y que tanto amaban las mujeres de esa familia. En sus genes vivían Pedro, John, Juan, Alex, Felipe, Carlos.

"I'll be seeing you
In every lovely summer's day
In everything that's light and gay
I'll always think of you that way

I'll find you in the morning sun
And when the night is new
I'll be looking at the moon
But I'll be seeing you…"

Te veré
en cada hermoso día de verano,
en todo lo que es brillante y alegre,
siempre pensaré en ti de esa forma

Te veré en el sol de cada mañana
y cuando la noche es nueva,
miraré hacia la luna
pero te veré a ti…

CAPÍTULO 8

Tejer rápidamente se convirtió en una actividad diaria. María y su abuela se reunían por las tardes y se dedicaban al tejido mientras escuchaban música. Ese día, antes de que Lucía colocara uno de sus discos de acetato en el tocadiscos, María se adelantó y sorprendió a la abuela con una canción que había descargado en su iPad. Era un disco de Jimmy Yancey, el gran pianista de blues a quien el abuelo Felipe conoció e incluso llegó a frecuentar. Ese álbum fue uno de los favoritos de Felipe. En una de las fuertes discusiones que la pareja tuvo, Lucía le había lanzado el disco a la cabeza, Felipe lo había esquivado pero al hacerlo provocó que el LP se estrellara con fuerza contra la pared y se hiciera añicos. Nunca lo pudieron reponer. Los ojos de Lucía se llenaron de agua.

—¿De dónde sacaste ese disco?

—Lo bajé del Internet.

—Pero ese disco es imposible de conseguir, llevo años buscándolo porque el mío se me rompió…

—Sí abue, pero ahora en el iTunes uno encuentra todo lo que tú te puedas imaginar. No suena igual que tus discos, claro, pero al menos uno puede disfrutar toda la música del mundo…

—¿Y cómo le puedo hacer para bajar esa música?

—Primero tienes que comprarte una laptop o un iPad o de perdida un celular, luego tienes que contratar servicio de Internet y luego pues yo te enseño y listo…

—Bueno ¡Pues hagámoslo ya!

—Pero, abue, ahora es nuestra sesión de tejido…

—María, mi querida María, te desconozco. ¿No eras tú la que moría por tener Internet en el rancho?

—Ja, ja, está bien. Hagámoslo.

Y a la voz de ya, Lucía contrató Internet y a la velocidad de los gigas la vida en el rancho cambió radicalmente.

Lucía, lejos de lo que se esperaba, aprendió a manejar la nueva tecnología en una tarde. Entendía perfectamente bien lo que sucedía en el campo de lo invisible. Enviar y recibir información no le resultó cosa del otro mundo.

La entrada del Internet al rancho se convirtió en todo un acontecimiento. María pudo volver a chatear a su antojo y cuando la ocasión lo ameritaba, cosa que ocurría con frecuencia, enviar insultos a su hermana. Chencha, por su lado, descubrió que a través del Facebook podía ver las fotos de sus nietos y entonces se la pasaba compartiendo videos con todo mundo y metiéndose en donde nadie la llamaba. Todos estaban en lo suyo y en lo de los demás.

De pronto, Betty Miller, la bisnieta de Annie Thompson, contacta a Lucía por Facebook para invitarla a la fiesta sorpresa que le estaban organizando a su bisabuela con motivo de sus ochenta y cinco años. El apellido de soltera de Annie, era Brown. Así es como Lucía la recordaba. Annie, aparte de haber sido su mejor amiga de juventud, también era su tía pues era una de las hijas que su abuelo John Brown había procreado con la abuela Shirley. Annie era cuatro años mayor que Lucía pero nunca se notó. Siempre compartieron todo; juguetes, ropa, amigos, discos. A Lucía la entusiasmó mucho recibir la invitación y de inmediato le confirmó a Betty su asistencia al evento. Hacía años que no sabía nada de la vida de Annie y ahora, gracias al bendito Facebook, se habían reencontrado.

La entrada al salón de fiestas fue como regreso al pasado. Todo lo habían adornado como en los 40. Todos los invitados, desde los más viejos hasta los más jóvenes, vestían ropa de la época. La idea era que Annie se sintiera como en sus mejores tiempos. ¡Y vaya que lo lograron! Su familia le contrató una orquesta que tocaba en vivo música de las grandes bandas: Tommy Dorsey, Benny Goodman, Glenn Miller, Count Basie. Lucía consideró que era una fiesta diseñada no sólo para Annie sino también para ella. En un inicio había aceptado la invitación con gusto pero conforme fueron pasando los días le asaltó el temor de tener que enfrentarse con sus amigos y familiares. Le preocupaba tener que dar explicaciones sobre la muerte de su hija Luz María. ¿Cómo decirles que no había sido notificada a tiempo? ¿Cómo ocultar que tenía años de no verla?

Sin embargo, María la convenció de asistir a la fiesta con un simple argumento:

—Abue ¿tú crees que esos amigos a los que hace mil años que no ves, saben que mi mamá y tú no se hablaban? ¡Por dios! Lo más probable es que ni siquiera saben que mi mamá murió. Ándale, vamos a la fiesta, yo te acompaño y verás que nos vamos a divertir… ¡Después de tanta chingadera en verdad que nos lo merecemos!

María estaba en lo cierto. ¡en serio que se merecían un poco de distracción! Desde que sacó del baúl de los recuerdos dos vestidos, uno para ella y otro para María comenzó su viaje al pasado, a un pasado feliz. Y cuando entraron al salón de fiestas, sus miedos y malestares físicos desaparecieron.

Lucía se sentía como la protagonista de Las Viudas del Jazz, película que vio como unas 20 veces seguidas en compañía de Annie. El tiempo había pasado por ellas, sin embargo, las dos mujeres seguían teniendo una apariencia maravillosa. Las dos se veían espectaculares. En cuanto estuvieron frente a frente se abrazaron con gran entusiasmo. Annie no paraba de reír y disfrutar la enorme sorpresa que le habían preparado. El viento de las trompetas, cual huracán, se arremolinó en sus corazones y arrastró los años acumulados. Lucía y Annie no pudieron evitar que sus pies se alborotaran y las impulsaran a bailar con la misma alegría de su juventud durante gran parte de la noche.

Y fue en medio de todo ese bullicio y, nuevamente, tal como sólo sucede en los musicales de Brodway, que María escuchó una risa que la cimbró. La vocalista de la orquesta estaba interpretando al micrófono Some Enchanted Evening pero su voz nunca fue lo suficientemente poderosa como para apagar la risa que tanto llamaba la atención de María. ¡Le era tan familiar! Sabía que la había escuchado antes pero no identificaba con precisión dónde.

"Some enchanted evening, someone may be
laughing
You may hear her laughing across a crowded room
And night after night, as strange as it seems
The sound of her laughter will sing in your dreams…"

Una noche encantada, alguien puede estar riendo,
Y tal vez escuches su risa desde el otro extremo
de la habitación
y noche tras noche, por extraño que parezca,
el sonido de su risa te cantará en tus sueños...

Hasta que de pronto, María recordó perfectamente
a quién pertenecía esa risa: ¡Al Dr. Miller! Quien estaba entre un grupo de personas que felicitaba a Annie
Thompson. María se alejó de su abuela para ir a su encuentro y el Dr. Miller, en cuanto la vio, hizo lo mismo.
El tiempo se suspendió para ellos.

—¿Dr. Miller?

—¿María? ¿Qué hace usted aquí?

—Vine a acompañar a mi abuela…

María señaló con la mano a la abuela Lucía.

—¡No me diga que es nieta de Lucía!… a ver, entonces… si su mamá era la hija de Lucía… ¿Sabe que somos parientes lejanos?

—No, pero en este momento, la verdad no me interesa que me lo cuente, prefiero que me saque a bailar, doctor…

El Dr. Miller lanzó una de sus singulares carcajadas y no se hizo del rogar. La tomó de la mano y la condujo a la pista de baile.

Lucía observaba a María bailar con el Roberto Miller, al ritmo de As Time Goes By. Formaban una pareja perfecta. Ya llevaban un buen rato bailando. Ya se tuteaban y habían roto las formalidades entre ellos. Desde la primera pieza, por la manera en que Roberto tomó a María de la cintura y la acercó hacia él, por la suavidad con la que ella aceptó pegar su cuerpo al de su compañero de baile, a Lucía le quedó claro todo lo que iba a pasar a continuación. ¡Si no lo iba a saber ella que en la primera noche en que conoció a Felipe hizo el amor con él! Sus ojos se llenaron de agua, pareció que a causa del pésame que en ese momento recibía de un viejo amigo, pero no era así, era a causa del amor, del amor que de pronto se presentaba ante sus ojos y la conmovía.

Lucía reflexionó sobre lo absurdo que resulta pensar que el amor acaba, que tiene fecha de caducidad, que muere… basta ver a una pareja que se mira a los ojos como María y Roberto Miller lo hacían, para darnos cuenta del error. El amor es eterno, viaja, se transforma, pero siempre vuelve. Renace cada día en otros cuerpos, en otras bocas, en otras manos y hay que agradecerlo. Lucía consideró que no sólo eso, había que procurarlo y en cuanto aparecía, abrirle paso, bendecirlo. Así que en su calidad de "Guardiana del Fuego", el nombramiento que su abuelo John Brown le había dado en su infancia, atravesó la pista de baile hasta el lugar en donde María y Roberto Miller estaban bailando Stardust, para hablar con ellos. Les quería sugerir que disfrutaran de la fiesta todo lo que quisieran y que ella regresaría al rancho para cuidar de Horacio. María agradeció el ofrecimiento encantada de la vida. Roberto le prometió que él mismo llevaría a María de regreso.

La propuesta de la abuela abrió la puerta de la libertad. María y Roberto volvieron a abrazarse. Sus cuerpos entrelazados despedían chispas de deseo. Es más, en ese instante María sintió que el pene del doctor se endurecía entre sus muslos. Ella nunca se imaginó que con sus atributos físicos, pudiera despertar ese tipo de reacción en un hombre como el doctor Miller. Se sentía gorda, fea, pero eso sí, con ganas de portarse muy pero muy mal. Muchas veces se había preguntado qué era portarse bien. En casa de su mamá, básicamente significaba obedecer, hacer lo que sus padres decían. Y portarse mal era actuar de manera inesperada, tomar decisiones propias aunque fueran políticamente incorrectas. Sentía que la abuela le estaba dando permiso de portarse mal y no la iba a defraudar.

Lucía dio la media vuelta con una sonrisa en los labios y dejó a los bailarines solos. Sabía que una cosa los llevaría inevitablemente a otra, que pasarían del baile al abrazo, del abrazo al beso, del beso al manoseo y del manoseo a la penetración. Lo que no pudo imaginar es que María y el doctor se tardarían tanto en llegar al clímax pues en cuanto estuvieron en la habitación del hotel donde se hospedaba Roberto, le dedicaron bastante tiempo al cachondeo y a los besos. Intercambiaron besos intensos, profundos, lentos, como si Roberto Miller adivinara el temor que tenía María de mostrar su regordete cuerpo y su abultado vientre. Con paciencia y pasión contenida le dio tiempo suficiente para dejar atrás todo miedo o inseguridad. María llevaba tiempo de no hacer el amor. Un mes antes del nacimiento de Horacio, Carlos y ella suspendieron toda relación sexual y no había tenido la menor intimidad física con su marido después del parto. Carlos y ella dejaron pasar la cuarentena sin problema pues con trabajo se dirigían la palabra. Luego, Carlos de plano la había abandonado y desde entonces María vivía un celibato involuntario, mismo que afortunadamente estaba rompiendo con bombo y platillos.

De los besos, Roberto Miller pasó a sus senos. Se los besó, amasó y succionó como nunca nadie lo había hecho. De pronto y sin que viniera al caso, María recordó que en el diario de Tita había leído que su tía tatarabuela había podido amamantar a su sobrino estando soltera. Esa misma tarde, María buscó en Internet si era posible que esto sucediera y se encontró con que sí, que con una buena estimulación los pechos de una mujer que no ha dado a luz pueden producir leche. Ella intentó hacerlo para satisfacer el hambre de Horacio pero fue inútil. No lo logró. Sin embargo, ese día y por obra y gracia del doctor Miller, sus pechos se comenzaron a hinchar y a derramar leche. Lo cual consideró como un milagro de amor. Sus pechos, como los de Tita, florecían en los labios de otro que llevaba el mismo nombre que Roberto, el hijo de Rosaura y Pedro que Tita con tanto cariño amamantó. María moría por regresar al rancho para sorprender a su hijo con la nueva.

Ésa no era la única sorpresa que María se iba a llevar en aquel día. Al llegar al rancho, Chencha los esperaba en la vereda. Les hizo señas de que se estacionaran. A María le preocupó que algo malo hubiera sucedido en el rancho.

—¿Qué pasa?

—Nada, es que me mandó su abuela a prevenirla. En la casa la está esperando el señor Carlos que vino a hablar con usted. Dice su abuela que le dijo que usted se estaba bañando. Ella lo está atendiendo en la cocina y le sugiere que entre por la puerta de atrás para que no la vea….

—¿Carlos es el papá de Horacio? —le preguntó Roberto.

—Sí… será mejor que me dejes aquí…

Roberto asintió con la cabeza y antes de que María descendiera del automóvil le tomó la mano y le dijo:

—Sé que tienes que tomar una decisión y que la tendré que respetar. Si de algo te sirve, quiero que sepas que nunca había deseado pasar el resto de mi vida con nadie. Puede sonar apresurado pero es así. Es todo lo que tengo que decir.

—Está bien.

María ya no pudo decir más. Bajó del automóvil con lágrimas en los ojos.

CAPÍTULO 9

María subió de prisa las escaleras y con la misma velocidad se despojó del vestido de fiesta y corrió a ver a Horacio. Sus pechos estaban a punto de reventar. Para colmo de males, el niño dormía profundamente y no le pudo dar de comer. A María no le quedó otra opción que presentarse ante Carlos con las tetas esponjadas. Lo ideal era que antes de bajar las escaleras se hubiera dado un poco de tiempo para tranquilizar sus emociones, pero prefirió enfrentarlo de una buena vez. María era de mecha corta.

Cuando María apareció en la cocina encontró a Carlos conversando animadamente con su abuela. Se saludaron fríamente. María lucía bellísima. Transpiraba satisfacción sexual, plenitud. Sus ojos brillaban como nunca. Se había dejado el pelo suelto, permitiendo que su rizado cabello se esponjara naturalmente al estilo afro.

—¿Te hiciste algo en tu pelo? Te ves muy bien…

—No, sólo me lo dejé suelto.

—No sabía que lo tenías tan chino.

—Hay muchas cosas que no sabes de mí.

Esa frase le indicó a Lucía que tenía que iniciar una retirada inmediata. Sabía que necesitaban estar solos para hablar libremente. Se disculpó con ellos y le pidió a Carlos que le brindara su ayuda para levantarse de su asiento pues le molestaba la ciática. Se la acababa de pellizcar y fue precisamente a causa de la inesperada visita de ese hombre. Lucía estaba colocando a Horacio dentro de su cuna cuando Chencha llegó en pleno ataque de pánico a informarle de la situación, obviamente todo el cuerpo se le tensó. La última vez que había tenido noticias de María había sido aproximadamente a las cinco de la mañana. Su nieta le llamó para disculparse pues Roberto y ella se habían quedado dormidos, y también para pedirle de favor que le diera la mamila a su hijo pues ella definitivamente no llegaría a tiempo. Le dijo que se iba a meter a bañar y que llegaría lo más pronto que pudiera. ¡Lo más pronto que pudo fueron dos horas después! Más tarde, casi al anochecer se enteró por María que Roberto y ella se metieron a bañar juntos, que él la enjabonó con gran ternura de pies a cabeza, que la cubrió nuevamente de besos y lógicamente terminaron haciendo el amor. ¡No los juzgaba! Los comprendía perfectamente, pues todos aquellos asuntos relacionados con calenturas y cachondeos entre amantes, le eran ampliamente familiares, pero ¡qué chinga le habían metido! Tuvo que hacer un sacrificio enorme para bajar las escaleras en lo que su bendita nieta llegaba. No quería que el tal Carlos, a quien no tenía el gusto de conocer, se diera cuenta de que María no había llegado a dormir y con ello tuviera argumentos falsos para pensar que era su nieta era una puta.

Lucía estaba haciendo una retirada lenta, deseaba salir volando de ahí pero el dolor de su cadera se lo impedía. María y Carlos no cruzaron palabra durante el todo tiempo que le tomó atravesar el cuarto. En cuanto la abuela abandonó el desayunador, Carlos rompió el silencio.

—María, perdóname por favor… yo no sabía lo de tu…

—No, Carlos, esto no es asunto de estar mal informado o no, el nacimiento de Horacio no fue una fuga de información que se filtró del "wikileaks", estamos hablando de un ser humano, de tu hijo, de ti, de mí…

—Lo sé, María, pero compréndeme, para mí fue muy difícil entender…

—¿Que tuviste un hijo negro? ¿Que nunca te fui infiel? ¿Que yo te amaba como una loca? ¿Qué es lo que te costaba trabajo entender?

María subió el tono de su voz a nivel de grito destemplado. Unas lágrimas de rabia recorrieron sus mejillas. Las limpió con coraje y dio la media vuelta para que Carlos no la viera llorar. Carlos se acercó a ella por la espalda y trató de abrazarla.

—¿Por qué dices "que te amaba con locura"? ¿Ya no me amas?

María rechazó el abrazo con violencia. Los gritos de María despertaron a Horacio quien comenzó a llorar.

—¿Puedo verlo, María?

—¿Para? ¿Quieres ver si se parece a ti?

—¡Ya, María, no seas así…! Vine porque quiero arreglar las cosas entre nosotros, no quiero perderte.

—Pues fíjate que reaccionaste demasiado tarde, ya me perdiste… ¿Trajiste los papeles del divorcio?

—No…

—Pues me los mandas por correo para que los firme y por favor vete…

—No me voy a ir sin ver a mi hijo…

En ese instante, Chencha irrumpió en el desayunador con Horacio en brazos.

—Buenos días, perdón por interrumpir, pero creo

que el niño tiene hambre. ¿Le preparo su mamila?

—No, gracias… yo me encargo…

María tomó a Horacio entre sus brazos y antes de que pudiera salir, Carlos la detuvo.

—Por favor, María, no me hagas suplicarte, permíteme cargar a mi hijo…

María no pudo negarse a la petición. Por un lado, consideró que Carlos estaba en su derecho y por el otro, quiso darle a su hijo la oportunidad de ser abrazado por su padre biológico. Fue un instante extraño. Carlos no tenía la menor idea de cómo tomar a un niño entre sus brazos. El niño se sintió incómodo y lloró con mayor intensidad. Definitivamente ese instante no se ajustaba al que María tantas veces soñó pero de cualquier forma resultaba muy conmovedor ver a su esposo llorar de emoción mientras abrazaba a Horacio. Para desgracia de Carlos, esa escena llegaba demasiado tarde a sus vidas. En las últimas horas María había vivido algo imborrable. Hacía apenas unos minutos, ella estaba totalmente convencida de que quería pasar el resto de su vida al lado de Roberto. Aún tenía su sabor en el vientre y en los labios pero ver a su esposo arrepentido, pidiendo perdón, con la guardia baja, vulnerable, la confundía y mucho.

María tomó nuevamente a su hijo en brazos y le pidió a Carlos que la esperara en la sala mientras ella le daba de comer a su hijo. Horacio fue el niño más feliz del mundo bebiendo leche materna. Prácticamente se atragantó. María no supo distinguir qué fue lo que disfrutó más, si poder amamantar a su hijo o dejar salir la leche tanto tiempo contenida. De cualquier modo, se lo debían a Roberto Miller. Pensó en él y el estómago se le encogió. Tenía que tomar una decisión enorme. La duda de lo que iba a pasar en su vida la llenaba de temor. ¿Y si tomaba la decisión equivocada? Por supuesto ese día no llegó a ninguna conclusión. Habló con Carlos un buen rato y le pidió tiempo. Argumentó que no estaba en condiciones emocionales como para tomar ninguna decisión, lo cual era cierto. Carlos se marchó y quedaron de verse en un mes. Enseguida María se encerró en su recámara y se puso a leer nuevamente el diario de Tita, sobre todo el pasaje en donde ella cancela su boda a unas horas antes de que tenga lugar. Subrayó con lápiz "Di la media vuelta y me metí a casa para no verlo partir. Sé que nunca habrá otro igual a John." Cuando leyó esa frase por vez primera, pensó que ella nunca hubiera querido estar en los zapatos de Tita y, sin embargo, estaba viviendo algo similar. Estaba segura de que Roberto, quien por cierto era el bisnieto de John Brown, era un ser fuera de serie. No lo quería dejar ir. No podía permitir que la historia se repitiera, pero por otro lado estaba Carlos, su esposo, el hombre con el que procreó a Horacio, con el que hasta antes del nacimiento del niño no había tenido problemas de consideración. Tenía un mes para decidirse por uno o por el otro.

CAPÍTULO 10

Era una noche de luna llena. Eran las tres de la mañana. Era una noche para observar el cielo y María se dispuso a hacerlo con una taza de chocolate en la mano. La abuela se lo había preparado antes de irse a dormir, adivinando tal vez que iba a pasar la noche en vela. Desde su ventana podía admirarse el firmamento. Contemplar el cielo era un privilegio que su departamento en la ciudad nunca pudo brindarle a pesar de ser de lujo. Veía a la luna con arrobación. Era la misma luna que Tita observó la noche en que su hermana Gertrudis huyó de la casa a lomo de caballo. La misma bajo la cual José Treviño escribió una carta de despedida para Mamá Elena, el amor de su vida. La misma luna que seguía siendo testigo de uniones y desuniones, de risas, de llantos, que influye en el movimiento de los mares, que marca la menstruación de las mujeres. Le

pareció tan absurda la vida en las grandes ciudades donde uno no está consciente de en qué fase se encuentra
la luna, ya no se diga por dónde sale o se oculta. Tener
la oportunidad de observar el movimiento de los astros,
al tiempo en que se bebía una taza de chocolate, era
conmovedor. Sintió que al hacerlo, le vibraba todo el
cuerpo, desde la punta de los pies hasta la coronilla. No
sólo eso, notó que su cabeza pulsaba al ritmo de las estrellas. Las sentía a flor de piel, era como si de pronto se
hubiera abierto un canal de comunicación que le permitía escuchar, entender, comprender ese Cosmos que
la hablaba sutilmente. Había tal silencio a esa hora de
la madrugada que María podía escuchar hasta su acho-
colatado corazón, pero lo sorprendente del caso fue la
fuerza con la que comenzó a escuchar el corazón del
Universo. Se preguntó si la abuela no habría puesto alguna substancia dentro de su bebida pues sintió claramente, tal como sólo se logra por medio de alucinógenos,
que su pulso y el del Cosmos se convertían en uno solo
que respiraba y que pensaba al mismo tiempo que el
otro. Y miles de respuestas llegaban a su mente al instante en que formulaba las preguntas. Era como si estu-
viese teniendo una conversación digitalizada con la
bóveda celeste. Ella sabía que todo aquello que se mue-
ve, desde una estrella hasta un diminuto insecto, late,

emite una vibración, un sonido. La tierra misma suena y se integra a la música de las Esferas con su propia y única voz. Si fuésemos capaces de escucharla, de percibirla, entenderíamos que el sonido nos vincula directamente con ella y con el Universo entero en todo momento. Su pulso siempre será una invitación a descifrarlo y entenderlo. ¿Cómo? Mediante la afinidad. Estar afinado es vibrar en la misma frecuencia de un tono, de una voz. Al llegar a esta conclusión, una duda la asaltó, si su hijo Horacio, quien por nueve meses escuchó el sonido de su corazón dentro de su vientre debía estar afinado con ella, pues formaron parte de un mismo universo donde compartieron emociones, genes y conocimiento. Si esto era cierto, lo más seguro es que ahora estuviera sufriendo la misma tristeza, desconcierto y confusión que ella. ¿O no?

En ese instante, creyó escuchar la voz de su abuelo Felipe dentro de su cabeza y sin poderlo evitar vino a su mente una poderosa imagen de un grupo de esclavos capturados en África que viajaban dentro de un bote sin posibilidad de ver el firmamento. Perdiendo la luna, perdiendo el sol, perdiendo a la madre, perdiendo la tierra, perdiendo la voz que inevitablemente se apagaba dentro de sus gargantas como resultado de la desgarradora separación. Pensó en esas primeras noches en que esos prisioneros observaban la luna desde otras tierras, y dedujo que tal vez su forma de encontrar lo perdido fue a través de la voz, de esa dolida y poderosa voz de una raza que cuando canta, remueve todas las entrañas.

Todo esto sucedía a la velocidad de la luz. María descubrió que donde ponía su atención, aparecían imágenes y sonidos. Era como si estuviera en todos y en todo. Como si pudiese escuchar a todos y a todo. Trató de concentrarse en ella para encontrar respuesta a la pregunta que había formulado segundos antes: ¿Qué tanto había cambiado su voz a partir del nacimiento de su hijo? La respuesta no tardó en llegar a su mente: si un ave cambia el canto dependiendo la estación del año, una mujer "suena" distinta dependiendo la hora del día o la emoción que la inunda. Si la emoción es energía en movimiento que todo lo cambia, todo lo trastoca, su voz obviamente había experimentado un cambio significativo, sobre todo durante las últimas 24 horas. Al lado de Roberto, ella fue una alegre sinfonía que se convirtió en el triste sonido del bandoneón en cuanto vio a Carlos.

Cada vez que María pensaba algo "se conectaba" con ese algo o con alguien. Era como si al pensar, tecleara una pregunta en una computadora y al hacerlo, de inmediato se abriera una ventana en la pantalla que le mostraba los resultados de la búsqueda. ¿Si todo estaba interconectado, si una persona llora, el Universo entero también llora? ¿Y si uno ríe? María no alcanzó a "escuchar" internamente la respuesta pues Horacio se despertó y comenzó a emitir unos fuertes y alegres sonidos. Su balbuceo parecía un bello canto. María se acercó a él y a manera de saludo le respondió con otro canto improvisado. Por unos minutos, madre e hijo se comunicaron musicalmente. En ese momento, María sintió que la música era recibir de golpe todo el Universo y no pudo evitar recordar una canción que su papá le cantaba cuando ella era una niña. Se trataba de *When You're Smiling* en versión de Frank Sinatra y la comprendió. Así de simple. Entendió que era cierto que la música, como nuestro corazón, cuando ríe, hace sonreír a todos, debido a que es un poderoso neurotransmisor, se podía decir que era el verdadero alimento del amor; lleva información de un lado a otro, de una época a otra, de una persona a otra, de un universo a otro, de una recámara a otra. La abuela desde su habitación, en ese instante se armonizó con María, como lo hace una cuerda que resuena al mismo tiempo que otra cuerda en una guitarra distinta a ella y también sonrió. Abuela, nieta y bisnieto, afinados sonrieron al mismo tiempo que todas las estrellas del universo.

"When you're smiling, when you're smiling,
The whole world smiles with you,
When you're laughing, when you're laughing
The sun comes shining through,
But when you're crying you bring on the rain,
So stop your sighing, be happy again,
Keep on smiling 'cause when your smiling,
The whole world smiles with you…"

Cuando sonríes, cuando sonríes,
el mundo entero sonríe contigo,
y cuando ríes, cuando ríes,
el sol brilla.
Pero cuando lloras traes la lluvia,
así que no suspires más, sé feliz otra vez,
sigue sonriendo, porque cuando sonríes
el mundo entero sonríe contigo.

La dulce sonrisa que se dibujó en su rostro fue la que sacó a Lucía de una de sus pesadillas recurrentes. Contaba con dos dentro de su repertorio. La primera consistía en la recreación del día en que Felipe quedó parapléjico. Ellos abandonaban el centro nocturno en donde Felipe cantaba por las noches y se dirigían hacia donde estaba estacionado su coche. Felipe iba tenso, enojado porque Lucía lo había empujado a aceptar ese trabajo. Cantar para extraños se le dificultaba mucho. Por ir discutiendo no se dan cuenta de que un borracho se acerca a ellos y les dice: "¿Me da su autógrafo?". Felipe dice que por supuesto y entonces el hombre responde: "no le hablo a usted, quiero el autógrafo de ella pues debe ser horrible vivir al lado de un cantante tan malo"; Felipe le da un puñetazo al hombre y éste, como respuesta, saca un arma y le dispara en la espalda. Básicamente ése era el argumento de esa pesadilla. La otra se trataba de que Lucía se quedaba sorda. Durante estos sueños recordaba con claridad el momento en que Felipe había dado su último suspiro. Después del estertor de muerte, a Lucía la invadía un monumental y doloroso silencio. Eso era lo que recordaba de aquella mañana, la ensordecedora sensación de haberse quedado sin la voz de Felipe. Durante su pesadilla corría por el campo tapándose los oídos con sus dos manos, como en el cuadro de Edward Munch, El grito.

Agradeció estar fuera del cuadro, fuera del sueño de muerte. Despertar de una pesadilla proporciona mucho alivio. Ojalá que con esa misma facilidad uno pudiera hacer a un lado sus miedos, sus culpas, sus remordimientos. Ojalá que el horror simplemente desapareciera de nuestra vida con un abrir de ojos, dejando en nuestros corazones la certeza de nunca haber lastimado a nadie, negado el perdón a nadie, matado a nadie, que todo hubiera sido simplemente un mal sueño que se puede dejar atrás con toda libertad. Lucía sentía que uno de los mayores impedimentos para que las cosas vuelvan a ser como antes, o al menos pueda darse la reparación del daño dentro de una relación, es la falta de perdón. Negarse a que ocurra es renunciar a la magia, a la alquimia, a la transformación. Preferimos ver a los demás como culpables que no merecen otra cosa que un castigo eterno, que perdonar y con ello dar una nueva oportunidad a los que cometieron una falta. Negarse al perdón era renunciar a la posibilidad de que el otro fuera algo diferente a lo que creemos que debería ser, era negarse a la vida misma, ya que en ella no hay un instante estático, permanente. Todo está modificándose a cada momento. Todo puede cambiar en un instante. Ésa fue una de las pasiones en la vida de Lucía, ser testigo del cambio, observar en el rostro de la gente el asombro al descubrir algo que antes no había visto. Por eso, presionó tanto a Felipe para que cantara en público. Cuando lo hacía, dejaba de ser un mulato para convertirse en un cantante excepcional que despertaba el deseo en las mujeres y la admiración en los hombres. En esos instantes ella se sentía importante. Era la mujer de Felipe, el de la voz prodigiosa. El cambio de percepción de Felipe también la alcanzaba, la transformaba y la llenaba de dicha. Lo mismo pasó cuando Luz María creció y ella dejó de ser Lucía para convertirse en la mamá de Luz María, la famosa bióloga.

Le dolía pensar en su hija. Lucía lamentaba no haberla vuelto a ver antes de que muriera. No haber podido arreglar las cosas con ella en la vida real, porque en sueños sí que lo había logrado y con creces. En sueños constantemente abrazaba a su hija y la llenaba de besos, lo cual la reconfortaba enormemente. Lucía tenía la facultad de controlar sus sueños y convertirlos en algo más real y tangible que la vida misma. Descubrió que podía hacerlo después del accidente donde Felipe quedó parapléjico. En un inicio, les bastó con desnudarse, tocarse y besarse con pasión para quedar satisfechos sexualmente. Los dos tenían claro que hacer el amor no sólo era de cuerpos. Pero llegó el momento en que los recursos que utilizaron para subsanar el impedimento físico ya no les

fueron suficientes a pesar de que recurrieron a la utilización de la lengua, de los dedos y de las fantasías eróticas.
Lucía sentía que algo le faltaba. Entonces comenzó a
soñar con Felipe, con el Felipe de antes del accidente y
descubrió que, gracias a las escenas oníricas que imaginaba, podía alcanzar unos fenomenales orgasmos. Ella
elegía el lugar, la situación, el vestuario o la ausencia
del mismo, durante sus encuentros amorosos, y Felipe
interpretaba su papel a la perfección haciéndola sentir
en total plenitud. Era con los ojos cerrados como Lucía
recuperaba a Felipe y lo podía ver, oler, saborear y gozar
hasta la locura.

Nunca pensó que su capacidad para soñar a voluntad con el paso del tiempo le fuera a acarrear la cantidad de problemas que le ocasionó. Ella sólo intentaba
encontrar una salida a la limitación física que la parálisis
de Felipe les imponía. Desde niña intuyó que siempre
hay una manera de escapar a toda condición material. Es
más, la experimentó varias veces. Fue gracias a su abuelo
John que se enteró de la manera en que uno sale de su
propio cuerpo por medio de la imaginación. Los pensamientos viajan fuera del cuerpo, y al hacerlo, lo llevan a
uno junto con ellos. El abuelo era una fuente inagotable
de conocimiento. Debido a que Esperanza, su madre,
fue una concertista de piano internacional que con fre-

cuencia daba conciertos en el extranjero, y como Alex, su padre, quien era un afamado abogado, se podía dar el lujo de acompañarla, Lucía pasaba temporadas en casa de sus abuelos paternos John Brown y Shirley. Lucía guardaba el mejor de los recuerdos de esas memorables ocasiones, y de todo el aprendizaje que le dejaron. Sobre todo, de una mañana de domingo en que acompañó a los abuelos a misa. Shirley la ayudó a vestirse. Le colocó un fondo de nylon, el material de moda, y sobre él le puso un bello vestido blanco con moños rosas que le había comprado expresamente para esa ocasión. Lucía caminaba de lo más oronda por la vereda cuando, a los pocos metros, el fondo se le comenzó a pegar a las piernas y conforme avanzaba se le iba subiendo por la entrepierna. Lucía le pidió al abuelo que regresaran a casa porque se sentía muy incómoda. El abuelo accedió, la tomó de la mano y dieron la media vuelta. Le pidió a Shirley que le ayudara a Lucía a despojarse de la prenda y que después se la llevaran a la cocina. Así lo hicieron. Y entonces, el abuelo le pidió a Lucía que con la mano izquierda sostuviera en alto el fondo y con la mano derecha agarrara la llave del grifo. Acto seguido, John abrió la llave del agua y ésta comenzó a circular. Le pidió a Lucía que se concentrara en que la energía eléctrica que el fondo despedía atravesaba por el centro de su cuerpo;

salía por su mano derecha y se iba por el drenaje junto con el agua. Ante su sorpresa, después de unos segundos de realizar el experimento, el fondo, que antes tronaba y daba toques al contacto, ya no mostraba signo alguno de electricidad. Ésta había desaparecido. Se había ido con el agua. Más tarde, el abuelo John le explicó que el agua es el mejor conductor de electricidad que hay. A Lucía la maravilló saber que la energía tiene efecto sobre la materia pero no de manera permanente, "entra" y "sale", atraviesa cuerpos, viaja lejos.

—Abuelo, pero el agua no se llevó nada de mi energía, ¿verdad?

—No, sólo tomó la energía electromagnética que tu cuerpo generó mediante el movimiento de tus piernas y el contacto con el nylon.

Ese día, Lucía aprendió que en su interior circulaba todo el tiempo energía en movimiento. Pero quizá lo más importante, que esa energía podía ser canalizada, encauzada, controlada a voluntad. Bueno, esto último nunca aprendió a dominarlo, ya que en su vida adulta Lucía siempre tuvo problemas con la electricidad que su cuerpo generaba. Jamás pudo usar ni fondo ni medias. Cosa que a Felipe volvía loco. El placer de meter la mano bajo su falda y descubrir su piel desnuda lo encendía de pasión.

Sin duda, al lado del abuelo aprendió mucho más que en la escuela. El laboratorio de John Brown resultaba irresistible para una niña curiosa como ella. Pasaba largas horas en su interior preguntando y obteniendo respuestas pero, sobre todo, haciendo experimentos. Al lado del abuelo, aprendió, entre muchas otras cosas, a hacer cerillos y luego a encenderlos. Cosa que en su casa le estaba prohibida, pues un día por poco quema una silla.

—Lo que pasa es que los cerillos con los que intentaste encender la vela estaban muy cortos, ¿verdad? Así los fabrican ahora. De seguro encendieron tan rápido que el fuego alcanzó tu dedo antes de que pudieras prenderla vela y por eso tiraste el cerillo y cayó sobre la silla.

—¿Tú me viste?

—Ja, ja, no, pero me lo imagino. No te preocupes, hoy te voy a enseñar a hacer unos cerillos largos, de manera que no te quemen los dedos.

Ese día, mientras hacían los cerillos, el abuelo le habló a Lucía de que todo en la vida tiene una solución; que no hay problema o limitación que no tenga otra ruta de escape que la imaginación. Todo lo que el abuelo habló esa tarde respecto a buscar una solución para los cerillos cortos le hizo mucho sentido pero tuvieron que pasar muchos años para que entendiera que la imaginación era la gran puerta de salida que nos libera de la prisión que impone el cuerpo y que, tal como sucede diariamente cuando dormimos, entramos y salimos de nuestro cuerpo cada vez que imaginamos. Lo más interesante es que, al salir e interactuar en un campo infinito de posibilidades con toda nuestra carga de recuerdos y memoria genética, nos transformamos.

Cuando los cerillos estuvieron listos, el abuelo John Brown los guardó dentro de una caja de plata que tenía grabado el nombre de Tita en la cubierta y se los dio. A Lucía le encantó la cajita pero le preocupó que la dueña algún día la reclamara.

—Pero esta cajita no es mía abuelo, es dc Tita…

—Sí, pero estoy seguro que a Tita le hubiera encantado que tú la tuvieras…

—Está bien, pero dime: ¿Quién es Tita?

—Tu tía abuela, pero murió antes de que tú nacieras.

A pesar de su corta edad, Lucía percibió que esa caja tenía un significado especial para el abuelo. Nunca se imaginó que era la que él mismo había preparado para regalarle en su boda. La recibió con respeto y prometió cuidarla mucho; a la fecha, dentro de esa cajita guardaba los cerillos con los que encendía las veladoras del cuarto oscuro. Luego de realizada la entrega de la cajita de plata, el abuelo la nombró la guardiana del fuego de esa familia. Lucía aceptó el reconocimiento con solemnidad y en silencio se prometió que cuidaría que siempre hubiera fuego en su casa. Antes de dormir también pensó en que le gustaría convertirse en una gran alquimista. No sabía bien a bien qué significado tenía esa palabra pero la escuchó de boca del abuelo y sólo por eso consideró que debería ser importante. A lo más que llegó fue a ser una reconocida química. Sin embargo, el paso de los años le dejó la certeza de que la verdadera alquimia era el amor. Por medio de él se enciende el fuego dentro de los corazones. Por medio de él se ilumina el pensamiento. Por medio de él se mantienen con vida aquellos que se han ido. En definitiva, somos memoria compartida, repetida, afirmada. Pero eso de ninguna manera significaba que fuera eterna. Incluso los genes cambian. Dentro del cuerpo humano, los átomos y las células no se organizan sólo de una manera predeterminada. Pueden establecer nuevas conexiones dependiendo de los pensamientos y emociones de una persona. Y esa era su preocupación. Ella había creado al Felipe de sus sueños noche tras noche. Era real. Vivía, respiraba, bailaba, cantaba, amaba. ¿Qué iba a pasar con él ahora que ella muriera? ¿Qué pasa con el hombre ideal cuando la persona que lo sueña deja de existir? ¿Su imagen desaparecerá junto con ella o se quedará parpadeando al igual que la luz de las estrellas que, a pesar de que ya dejaron de existir, nos siguen alumbrando? El Felipe de sus sueños era tan real, o quizá más, que cuando vivía. Pero era un sueño. Sí. ¿Y qué?, pensaba Lucía. Quizá todos éramos el sueño de un sueño. Finalmente la cadena genética que dio forma física a la persona de la que nos enamoramos era producto del sueño de permanencia de alguien. En su caso, el Felipe que la visitaba en sueños era poderosamente real a pesar de haber desaparecido hacía muchos años. Ante este hecho contundente ¿Quién podría decir que la muerte es real? ¿Quién que Felipe no seguía vivo? De lo que fue su cadena genética, nada quedó, el fuego la destruyó por completo cuando lo cremaron. Ella y sólo ella era quien lo mantenía con vida. Ella era la gran alquimista que convertía en oro la esplendorosa presencia de Felipe, de su adorado Felipe.

Lo único que en verdad lamentaba era que, en determinado momento, el Felipe de sus sueños hubiera sido tan real que el Felipe de carne y hueso comenzara a sentir que Lucía lo estaba engañando con otro. Todo se desencadenó una noche en que Lucía estaba alcanzando el orgasmo con la cara hacia la pared, Felipe la tomo de la barbilla para mirarla a los ojos y descubrió que ella no estaba ahí. Su mirada revelaba que se encontraba muy lejos de esa habitación. Felipe comprendió que en ese momento Lucía alcanzaba el éxtasis con alguien más, pensaba en alguien más, y, por consiguiente, amaba a alguien más. Lucía no pudo explicarle a su marido que uno puede estar en dos sitios a la vez y, sin embargo, estar amando a la misma persona. Tampoco lo pudo convencer de que nunca le había sido infiel. A partir de ese momento, Felipe no pudo impedir que los celos se apoderaran de él ni que la inseguridad lo carcomiera lentamente. Comenzó a sentirse un poco hombre que no cubría las expectativas de su esposa. Comenzó a beber. Su vida se derrumbó y la de Lucía junto con la de él.

Uno de los peores momentos que vivieron como pareja fue un día en que en medio de una fuerte discusión, Luz María escuchó a su padre, en total estado de ebriedad, referirse a su madre como "la puta del barrio". A partir de ahí, se quedó con la idea de que su madre engañaba a su padre. Lucía no supo cómo defenderse ante su hija. La recriminante mirada que le lanzó era tan poderosa que la dejó desarmada. Después de ese incidente, Lucía se olvidó de sus sueños húmedos con Felipe. La culpa se convirtió en la gran usurpadora, la gran señora, la que controlaba su mente y sus sueños. Lucía la dejó actuar a sus anchas, no tuvo fuerzas para enfrentársele. Le permitió convertir sus sueños en pesadillas. Sólo una vez intentó expulsar de su mente la culpa haber dañado a Felipe y destruido la relación con su hija pero fracasó totalmente. Ahora, con la edad ya ni lo intentaba. Lucía ya no estaba tan interesada que digamos en tener sueños eróticos pues le daba temor que le diera un infarto o al menos que el orgasmo le provocara una contractura muscular, así que hacía mucho que había renunciado a hacer el amor con Felipe. Bendijo que esa madrugada los cantos y las risas de María y Horacio la sacaran de sus pesadillas. La luz de la luna, que llegaba hasta el pie de su cama, le alumbró los ojos y la hizo sonreír.

CAPÍTULO 11

El olor de los jitomates asados en comal inundaba la cocina. Horacio dormía como un bendito junto a la estufa. El cuerpo de María mostraba un cambio dramático. Estaba reduciendo de peso a gran velocidad. Esto se debía a varios factores, primero que nada, a que estaba amamantando a su hijo, segundo a la buena alimentación que recibía en el rancho de la abuela, y tercero a que estaba descubriendo que al moler maíz en el metate, uno quemaba muchas calorías. La prueba eran esos mentados aparatos que anunciaban por televisión en donde uno se ponía en cuclillas y deslizaba un par de ruedas para adelante y para atrás por algunos minutos para obtener un vientre plano. Bueno, pues con el metate uno hacía el mismo ejercicio pero al cuadrado, por eso procuraba moler a diario al menos un kilo de maíz, pero ese día, María estaba amasando por primera vez unas tortillas de harina. Le parecía de lo más sensual. Introducir las manos en la masa para estrujarla hasta lograr que la harina y el agua se integraran totalmente ¡Sí que era placentero! Al inicio, cuando la abuela dejó caer lentamente el agua tibia sobre la fuente de harina y le pidió a María que mezclara los ingredientes, se incomodó un poco pues la unión de la harina con el agua resultaba pegajosa y se le adhería a la piel de manera desagradable, pero conforme continuó con el amasado, el acto se convirtió en algo que incluso se podía catalogar como erótico. Meter y sacar los dedos, acariciar, comprimir y moldear para luego dejar reposar la masa cubierta de un paño antes de extenderla con la ayuda de un palo de cocina, era la mejor manera de canalizar la ansiedad. Todo el proceso completo, desde la incorporación de la manteca con la harina, hasta convertirla en una aterciopelada masa, fue un alivio en esos días de reflexión, de espera. Así como María, la masa tenía que esperar a que vinieran tiempos de extender, de alargar, de ensanchar la materia, de pasarla por el calor del fuego que todo purifica.

Lucía miraba con orgullo a su nieta. No cabía duda de que en la sangre permanece el recuerdo. Las manos de María parecían un duplicado de las manos de Esperanza, su madre, y al igual que ella María adquiría conocimientos en la cocina con asombrosa rapidez. No había que repetirle mucho las instrucciones, ella parecía "recordarlas" a la perfección. Los genes son los genes, se dijo para sus adentros porque a diferencia de otras ocasiones, ese día la comunicación verbal entre ellas no fluía del todo pues María tenía asuntos pendientes que resolver en su cabeza y la mayor parte del tiempo permanecía en silencio. El mes de plazo que había pedido se había ido volando y de ninguna manera le estaba siendo suficiente para aclarar sus sentimientos. Los días se movían pasito a pasito, como felinos tras su presa, igual que el recuento de votos de la elección del Gobernador que se acababa de llevar a cabo en el estado de Coahuila. Y a diferencia del mundo de la política, en donde era obvio quién había sido el verdadero ganador pero el sistema se empeñaba en negarlo utilizando todos los medios a su alcance para disimular la compra descarada del voto y la manipulación de la información, las cosas no eran claras en el corazón de María, quien se debatía entre uno y otro de los candidatos para ser el compañero de su vida. Una persona con quien charlar, cocinar, bailar, bañarse, ir al mercado a comprar fruta y flores, ir al cine, ¡contar chistes!

Ese mismo día, los dos candidatos habían decidido ponerse en comunicación con ella a pesar del acuerdo previo al que habían llegado. El primer correo que leyó fue el de Carlos, no por otra cosa sino porque era el que aparecía hasta arriba de la bandeja de entrada.

"María, me pides un imposible: que guarde silencio, que no te llame, que no te busque, que me siente en una silla a esperar pacientemente. Perdón pero no puedo. Necesito comunicarme contigo de alguna forma, hablarte, pedirte perdón una y mil veces. He intentado refugiarme en la lectura pero invariablemente cada palabra que leo me remite a ti. Siempre me ha sorprendido la banalidad del amor. Que todos los que amamos lo hacemos de la misma manera. Me asombra que una persona que vivió en Toledo en el siglo XVI o un poeta de la Edad Media o un cantante de boleros puedan describir aspectos de mi ser que yo mismo desconocía. Que estas personas que nunca se miraron en tus profundos ojos ni se fundieron en tus muslos, que nunca leyeron los libros que juntos leímos, puedan captar mis emociones y decirme palabras olvidadas que me tocan el alma. ¿Cómo es posible que esta gente pudiera sentir lo mismo que yo siento por ti? ¿Cómo es posible que describan de una manera tan exquisita la pena que me causa tu ausencia? ¿Cómo es posible que ellos pudieran sentir la delicia que me invade cuando te toco, el placer que siento cuando te veo sonreír, y el profundo dolor que experimento cuando veo reflejada en tus ojos una tristeza infinita que mi torpeza causó? No dejo de pensar en ti y en el día en que pueda recibir en casa a Horacio, nuestro hijo querido. En fin, parece que mi vida se define por la espera y la esperanza. Me he convertido en un personaje de novela pastoril, quejándose de tu ausencia y contando los días que faltan para que termine el plazo que pediste."

La lectura de ese correo la conmovió, obviamente estaba bien escrito pero como siempre, Carlos hablaba desde él, desde su sufrimiento, desde su "yo" adolorido. Se notaba que lo había escrito el profesor de literatura que la había enamorado justamente por medio de los poemas y gustos literarios que compartían. Sin embargo, ese sabio profesor tuvo que esperar a tener en las manos "pruebas" antes de aceptar a su hijo, antes de querer tomarlo en brazos. No fue capaz de amarlo hasta que estuvo seguro de que era suyo.

El correo de Roberto era todo lo contrario:

"El día de hoy, cuando llegué al hospital, tomé el elevador en donde nos conocimos y recordé el día en que te vi por primera vez. Ahora sé que ese día estabas atravesando por una crisis emocional enorme y, sin embargo, me brindaste una sonrisa suave y amistosa que me estremeció. Estoy seguro de que me enamoré de ti ese instante. Te parecerá ridículamente precipitada esta afirmación dado que nos conocemos hace muy poco, pero así es y me pregunto cómo y por qué siento que has formado parte de mi vida desde siempre. Como si mi vida no hubiera tenido substancia antes de conocerte. La única respuesta que se me ocurre es que nuestro encuentro era algo destinado. Algo que va más allá de los genes, de la biología, de los cuerpos en sí. Sólo así se explica la naturalidad con la que tomaste mi mano y permitiste que tu cuerpo se fundiera con el mío. Fue como si el amor mismo te empujara a mis brazos, impulsado por el deseo de completarse. Eso mismo me quedó claro cuando me crucé con Horacio y contigo en el pasillo del 5° piso, no sé decirte cómo pero te aseguro que había algo en tu hermoso hijo que yo sentía profundamente mío. Que me pertenecía. Que me invitaba a verlo crecer y gozar de su luminosidad. María, no te quiero distraer de la enorme decisión que tienes que tomar pero me siento obligado a decirte que consideres que estoy dispuesto a estar a tu lado, que quiero disfrutar de los momentos en que el ritmo de mi corazón se altera, en que mi voz se hace ronca, en que mi pasión te alcanza y nos provoca llorar de contento. Tú eres mi hada y mi hechizo, quisiera estar contigo en playas, jardines, prados, ríos, mientras Horacio corre a su antojo persiguiendo palomas. Quiero que sepas que no importa lo que decidas, estarás a mi lado por siempre. Te veré en todo lo que es hermoso y oiré tu cálida voz en las frías noches de invierno. Y seré el secreto amante que te espera en las letras de tus canciones favoritas para bailar hasta el amanecer. Cuentas conmigo ahora y por siempre. Sabes que tengo reservado en mi alma un lugar que nadie más puede ocupar. Lo puedes reclamar cuando quieras."

Comparando las dos lecturas, María consideraba que Carlos la amaba pero bajo ciertas condiciones. Roberto no. Su amor era incondicional. Simplemente se extendía hacia ella y Horacio de forma natural. Tal vez la diferencia era que Roberto se amaba a sí mismo y Carlos no. Carlos era un hombre reservado, taciturno, que difícilmente mostraba su afecto por desconfianza a los demás. Roberto abrazaba sin miedo y sin desear algo a cambio, y era un hombre libre de prejuicios. En las noches que María había pasado en vela había tenido bastante tiempo para reflexionar sobre la decisión que tenía que tomar, pero aún no estaba clara. ¿Desde dónde se elige? ¿Cuántas personas eligen al mismo tiempo que uno? Así como María compartía genes con familiares desconocidos, compartía ideas equivocadas, temores paralizantes. Estaba convencida de que las mentes culpables inevitablemente buscan su propio castigo. ¿Cuántas Mamá Elenas le estaban hablando desde el pasado? ¿Cuántas Titas la invitaban a revelarse? ¿Cuántas Gertrudis le infundían valentía? ¿Y cuántas Rosauras la animaban a resignarse y volver con su marido por el bien de su hijo? María tenía una enorme responsabilidad no sólo con ella y Horacio, sino con todas las mujeres de su familia que se equivocaron, que vivieron solas y amargadas porque creyeron que había amores prohibidos e inalcanzables para todas ellas.

Carlos era ese tipo de personas que aparentemente aceptan a los que rompen con los convencionalismos sociales pero en el fondo los condenan. Estaba segura de que siempre consideraría a su hijo como producto de amores ocultos que se dieron en el pasado, de amores pecaminosos que causaron dolor y aunque ahora hablara de que quería recibir a Horacio con los brazos abiertos, sabía que no iba a poder. Si a la hora del parto Carlos la culpó por el color de la piel de su hijo, al regresar a casa iba a buscar cualquier pretexto para condenarla, si no era por una gotera iba a ser porque no había frijoles o porque no había pagado la luz o por lo que fuera. María dudaba que al regresar con Carlos las cosas pudieran funcionar como antes, sin embargo, aún no se sentía con las fuerzas necesarias para tirar todo por la borda.

—¿Sabes qué, abue? Creo que me voy a ir preparando para mi regreso a la Ciudad de México… ya pronto tengo que regresar a trabajar…

—¿Piensas regresar a trabajar?

—Sí, no tengo de otra, menos ahora que me voy a quedar sola…

—¿Y vas a dejar de amamantar a tu hijo?

—Pues… buscaré la manera de dejar mamilas con mi leche…

—¿Y quién se las va a dar?…

—Blanca, mi cuñada, ella no ha podido tener hijos y está dispuesta a ayudarme…

—Eso está bien aunque siempre hay otra forma de solucionar las cosas…

—En esto no hay muchas otras opciones, abue, es aceptar el ofrecimiento de Blanca o meter a Horacio en una guardería…

Lucía tomó aire antes de hablar. Al igual que el día en que le dio cátedra sobre su conocimiento de los germinados, en esta ocasión le habló con enorme sabiduría sobre su visión del papel que la mujer debía jugar en estos tiempos.

—María, creo que debes darte un poco más de tiempo para ti. No regreses tan rápido al trabajo. Cuando seas una vieja como yo vas a saber por qué…

—Pero, abue…

—Déjame hablar, María, cuando termine me dices todo lo que quieras. Estás en un momento crucial en tu vida y creo que debes hacer un alto. No te dejes presionar por los deberes, las responsabilidades económicas, sociales, profesionales o familiares. El mundo invariablemente te hará hacer sentir que tienes algo muy urgente que hacer, algo que acabar, algo que cumplir y se nos va la vida tratando de complacer a todos los que podamos pues nos aterroriza la desaprobación… Haz una pausa, no hagas nada, el detenimiento es como el silencio que entre nota y nota hace posible que podamos apreciar una melodía. Tu prioridad ahora es darte tiempo para tomar una decisión correcta pues el futuro de Horacio está en juego…

—Por eso mismo tengo que regresar al trabajo… ¿O cómo lo voy a mantener?

—¡Me vas a dejar terminar, o no!…

—Sí, abue…

—¿Quieres que te diga por qué buscas comida de una manera compulsiva? Y no sólo tú. ¿Sino miles de personas? ¡Porque somos una sociedad destetada! Una sociedad que para satisfacer su necesidad de calostro ¡busca grasa como loca! Y por más papitas fritas que trague no queda satisfecha porque lo que en verdad está buscando es la

Chichi perdida… Amamantar a tu hijo es lo mejor que puedes hacer en estos momentos. Va a crecer muy pronto, ya lo verás y no te vas a arrepentir de haberlo hecho… ¿De qué te va a servir tener dinero en las manos si ello no te proporcionará el tiempo para tener con tu hijo el más grande momento de intimidad, el más sagrado, a través del cual le estarás transmitiendo todo el conocimiento del mundo?

María no pudo responder.

—Te voy a platicar una cosa, cuando el abuelo quedó parapléjico, yo me vi forzada a salir a trabajar. Ninguno de los dos nos habíamos planteado esa posibilidad cuando nos casamos. El caso es que busqué trabajo y afortunadamente lo conseguí sin el menor esfuerzo. Ése no fue el problema. Yo, al igual que miles de mujeres lo hicieron durante la Segunda Guerra Mundial, salí y me incorporé a la cadena de producción. La industrialización del mundo estaba en marcha y creímos que era lo mejor que nos podía pasar. Nos equivocamos. Nada más hay que voltear a ver el mundo en que vivimos para darnos cuenta de ello. Yo debería de haber buscado otra opción pero no se me ocurrió. Ahora sé que siempre hay una manera diferente de hacer las cosas. ¡Siempre! Atrás de cada mujer que sale a trabajar hay un anhelo, una búsqueda, un sueño de vida. Lo malo no es salir a trabajar sino por qué y para qué lo hacemos. Apostamos por el sueño equivocado de la modernidad, del desarrollo, de la acumulación, de la producción, de la industrialización. Todo hubiera valido la pena si ese empeño se viera reflejado en un bienestar colectivo, pero no fue así... el sueño de la riqueza personal es profundamente individualista, nos separa de todos y de todo, incluido el medio ambiente y nos conduce inevitablemente a la depredación, a la miseria, al desequilibrio ecológico.... Nos hemos olvidado que los sueños son ideas, imágenes, pensamientos que organizan la materia, para bien o para mal. Cuando están mal encauzados se convierten en pesadillas, como en el mundo de la política. Claramente vemos cómo ya no funcionan las instituciones electorales, los congresos, los gobiernos, porque el sueño de la riqueza se apoderó de la mente de todos. La corrupción es generalizada. Con dinero se compra lo que sea. El dinero está por encima de todo. Si tú le preguntas a la gente qué necesita para vivir, te dirá que dinero y no es cierto. Lo que necesita en primera instancia es comer. Cuando ya no tengan nada que meterse a la boca, verás que empezarán a soñar con comida, empezarán a valorar los productos que alguna vez la Tierra soñó para todos nosotros, porque créeme, la Tierra también sueña, como prueba tienes todas las flores del campo, los maíces, los frijoles, las calabazas, los millones de semillas que poco a poco se están perdiendo y ella ahí está, resistiendo, esperando que reaccionemos y nos decidamos a soñar junto con ella los sueños de sembrar, los de cosechar, los de comulgar... Uno sueña para olvidar las reglas de un mundo absurdo, para esperar que las estrellas no sólo aparezcan por las noches, por eso es importante unirse a aquellos con los que uno comparte sueños, no miedos... los de amar o mamar, como lo quieras ver... me hablas de regresar a la Ciudad de México porque te urge establecer nuevamente un hogar. Me parece bien, pero antes permítete soñar. Los sueños son la tierra fértil.

En ese instante, entró a la cocina Chencha con su celular en las manos para mostrarles el video de los 15 años de una de sus nietas quien bailaba el acostumbrado vals con la música de fondo de *El Sueño Imposible* en voz de Frank Sinatra. Lucía sonrió. No podía haber pedido un mejor tema musical para dar por terminada la conversación con su nieta María. Había dicho lo que tenía que decir y era tiempo de retomar el silencio.

"To dream the impossible dream
To fight the unbeatable foe
To bear with unbearable sorrow
To run where the brave dare not go

To right the unrightable wrong
To love pure and chaste from afar
To try when your arms are too weary
To reach the unreachable star."

Soñar el sueño imposible,
vencer al enemigo invencible,
soportar la tristeza insoportable,
correr a donde los valientes no se atreven a ir

Corregir el daño incorregible,
amar pura y castamente a distancia,
seguir intentando cuando tus brazos
ya no tienen fuerza,
alcanzar la estrella inalcanzable.

CAPÍTULO 12

Los acontecimientos que tuvieron lugar en los últimos meses afectaron negativamente la salud de Lucía. Todo se debió a la combinación de factores que iniciaron con la muerte de su hija, luego con el viaje que realizó a la Ciudad de México, luego los largos paseos arrullando a Horacio, luego el bailongo que se aventó en la fiesta de Annie, y para acabar ¡la visita inesperada de Carlos al rancho, la cual le provocó una contractura muscular de la que no podía salir!

Lucía tomó la decisión de darse un baño de tina con polvo de mostaza para relajar sus músculos pero no podía entrar y salir de la bañera sin ayuda, María se ofreció a hacerlo y lo primero que le llamó la atención al ver a su abuela desnuda fue que no tenía un gramo de celulitis en el cuerpo.

—No manches, abuela. ¡No tienes celulitis!

—¿Debía tener?

—No, bueno, todas las mujeres que yo conozco tienen en un mayor o menor grado…

—Pues sí, porque todas comen puras porquerías…

—No, abue, no todas. Mis amigas, por ejemplo, cuidan mucho su alimentación.

—Ajá, pero de seguro comen carne y pollo de animales a los que han engordado a base de hormonas…

—Sí, supongo…

—¡Te lo aseguro! Y también sé que muchas de tus amigas comen más para llenar un hueco que para alimentarse e ignoran que comer es dialogar con el universo y depende de con quién quieras platicar, el tipo de conversación que tendrás, y la figura que vas a portar.

En el momento en que tenía lugar esta conversación, María depositaba a su abuela en el fondo de la tina con mucho cuidado, Lucía se abrazaba con fuerza al cuello de su nieta, por fortuna no era una mujer con sobrepeso. Poco a poco y de manera delicada, María la deslizó en el agua caliente y la abuela suspiró con alivio.

—¡Uff, qué rico…!

—Bueno abue, me imagino que querrás disfrutar de tu baño, así que te dejo un momento. Estoy aquí afuera, por si necesitas algo. Nomás llámame…

A María le urgía salir para ver el mensaje que le había llegado a su celular. Lo sintió vibrar y supuso que era de Roberto, pero antes de que cruzara la puerta la ronca voz de la abuela la detuvo.

—No me dejes sola, por favor.

A María le sorprendió la petición, era la primera vez que la abuela mostraba un signo de debilidad, sintió un casi imperceptible tono de temor en su voz y era porque no provenía precisamente de ella, se colaba en su garganta, se le había implantado mucho tiempo atrás junto con esas mismas palabras pronunciadas por Felipe en esa misma tina.

—¡No me dejes solo, por favor!

—Si eso es lo que quieres, Felipe, quedarte totalmente solo. Ya deja de atormentarme ¡Te lo suplico!… YO NO TE HE SIDO INFIEL… ¿Cuándo me lo vas a creer?

Felipe estaba metido en la tina. Lucía lo estaba ayudando a bañarse y a rasurarse. Como su esposo tenía la barba bastante cerrada, resultaba un triunfo rasurarlo sin herirlo pues sus rizados bellos se le enterraban, sobre todo a la altura del cuello. Lucía le había puesto una toalla caliente en el rostro para que sus poros se abrieran.

Era una mañana de Navidad. La noche anterior Luz María y sus hijos se habían ido a su departamento antes de la cena debido a la fuerte discusión ocasionada por la hora correcta de abrir los regalos de Navidad. Felipe, para variar, se había puesto a beber y había arruinado el resto de la cena. Había amanecido crudo, se había vomitado encima y le había exigido a Lucía que lo bañara.

—¿Cuántas veces te acostaste con él, putita?

Lucía no le respondió, estaba acostumbrada a ignorar sus agresiones, no provenían de Felipe sino de un alcohólico infernal que aparecía en sus vidas cuando estaba borracho. El Felipe del que ella se enamoró fue el hombre más delicado y decente que ella había conocido, así que ella no hablaba con el diablo, no le respondía.

—Te estoy hablando. ¡Contéstame! ¿Cuántas veces te has acostado con él? ¿La tiene igual de grande que la mía?... ja, ja, bueno. ¿De la que yo tenía? Dímelo....

Ante el silencio de Lucía, Felipe, furioso y aprovechando que ella se había acercado a su rostro, se quitó la toalla que tenía sobre la barba, y en un rápido movimiento se la enredó por el cuello a su esposa y la comenzó a ahorcar. Felipe tenía una gran fuerza en los brazos, siempre la tuvo pero ahora, a partir de que tenía que utilizar su silla de ruedas para desplazarse, la había desarrollado mucho más. Lucía trataba de escapar pero no podía, finalmente logró dar pasos hacia atrás, donde Felipe ya no la alcanzaba y donde le resultaba imposible accionar a causa de la parálisis de sus piernas.

A los dos les tomó unos minutos reponerse del esfuerzo. Felipe, entonces, tomó las tijeras que estaban sobre la mesa que Lucía había puesto al lado de la tina con todos los utensilios que se iban a utilizar: navaja, jabón, brocha para la jabonadura, loción, etc. Se colocó las tijeras a la altura del corazón y en tono amenazante le dijo a Lucía:

—Mira cómo me voy a matar. ¡Mírame!… eso es lo que quieres. ¿No? Quedarte en libertad para coger con él…

Lucía le respondió lentamente y midiendo cada palabra.

—¿Sabes qué? ya me cansé de ti… te felicito, lograste hartarme… ya no quiero verte sufrir… ni quiero que te hagas la víctima… Todavía puedes tocar el piano, cantar, trabajar en la radio, tienes tu maravillosa voz. ¡Me tienes a mí, cabrón! Nunca has dejado de tenerme y nunca te he engañado pero no lo quieres oír así que ya, hasta aquí llegué… si te quieres matar, adelante. Creo que va a ser lo mejor…

Lucía dio la media vuelta y salió del cuarto. Se tardó unos minutos para reponerse y tomar aire antes de regresar. No podía dejar a Felipe dentro de la tina, no podía salir solo. El agua debía ya de estar fría. Cuando abrió la puerta, lo encontró con las venas cortadas. Aún estaba con vida, Lucía corrió a su lado y le tomó la cara con las dos manos.

—¡Felipe! ¿Qué hiciste?

Antes de que Lucía diera la voz de alarma pidiendo ayuda, Felipe ya casi sin fuerza le dijo:

—No le hables a nadie, déjame ir… ésta no es la vida que soñamos…

Lucía y Felipe se miraron largamente a los ojos hasta que Lucía vio que ya no había nadie atrás de esa mirada. Un leve suspiro fue el último murmullo que escuchó de los labios de Felipe. Lucía entonces, le besó el rostro y las manos manchadas de sangre, las mismas manos que tanto la acariciaron y que se deslizaron con elegancia y virtuosismo sobre el piano; en cuanto terminó de hacerlo, pidió ayuda. El revuelo que generó la noticia coincidió con el momento en que Luz María estaba llegando a la casa. Sin esperar a tener más información, explotó contra su madre.

—¡Tú lo mataste!... ¡Asesina!

Chencha la detuvo antes de que golpeara a Lucía.

—¡Cállate, niña, tu mamá no fue…!

—¿No?... ¿Y cómo le hace un paralítico para meterse solo a la tina y suicidarse?

Lucía no respondió, su hija tenía razón, era responsable de lo sucedido. Nunca debió dejarlo solo ni decirle que lo mejor era que se matara. Se consideró a sí misma como una asesina confesa por el resto de su vida. Definitivamente esa Navidad fue la peor de sus vidas y el frío se coló por siempre dentro de su corazón.

Así como el agua se congela en las tuberías durante el invierno, así se congelaron las lágrimas en los ojos de Lucía. Nunca lloró la muerte de Felipe, nunca derramó dolor líquido. Fue hasta ese día en que se reencontró con su esposo en el reflejo del agua que pudo soltar las lágrimas contenidas por tanto tiempo.

—No, abuela, no te voy a dejar sola, no te preocupes… ¿Qué tienes?… ¿Te sientes mal?… ¿Te duele mucho la cadera?

—No…

Lucía no encontraba palabras para decirle a su nieta lo que le sucedía y aunque pudiera dar con ellas, le resultaría difícil parar de llorar para decirlas. María recordó que en el diario de Tita se mencionaba que su tataratía había llegado a esta vida arrastrada por un río de lágrimas.

—Abue, ¿quieres que le hable al doctor?

—No… mira… ¿Te acuerdas que dejamos pendiente una plática?

—¿Sobre?

—Mi infidelidad…

—Sí, pero no es necesario que me lo cuentes ahora…

—Sí, es el momento…

De la garganta de Lucía brotaron puñados de palabras que se atropellaban unas con otras, con cada una de ellas se entrelazaban universos estelares, conexiones neuronales, memorias perdidas. María no la interrumpió para nada, la dejó hablar y llorar, llorar y hablar hasta que pronunció sus últimas palabras:

—Es en vano que uno sueña para olvidar…

María abrazó a la abuela y la besó en la frente.

—Ahora sí quiero estar sola…

—Está bien abue, te dejo un ratito. Acuérdate que voy a estar aquí afuera por si me necesitas.

Lucía quería estar sola para cerrar sus ojos y gozar a Felipe. Había regresado a su lado. A partir de que sus ojos liberaron todas las lágrimas contenidas y dejaron atrás la culpa y el dolor, apareció ante su vista Felipe, el del primer día, el de siempre, el que apareció en una fiesta y la tomó de la mano, el que le enseñó a amar. Ahí estaba de nuevo frente a ella bailando tap con su traje de frac y sus zapatos negros de charol al ritmo de *The Best Is Yet To Come*:

"Out of the tree of life I just picked me a plum
You came along and everythin's startin' to hum
Still, it's real good bet the best is yet to come
Best is yet to come and babe, won't that be fine?
You think you've seen the sun but you ain't seen it
shine
Wait till the warm up's underway
Wait till our lips have met
And wait till you see that sunshine day
You ain't seen nothin' yet."

Del árbol de la vida tomé una ciruela,
tú viniste y todo comenzó a tararear,
aún así, apostaría que lo mejor está por llegar.
Lo mejor está por llegar y, nena, será lo mejor,
crees que has visto el sol pero no lo has visto
brillar,
espera a que el calor empiece,
espera a que nuestros labios se junten,
espera a que veas ese día brillante,
¡no has visto nada aún!

Felipe le ofreció los brazos a Lucía como una abierta invitación para que bailara con él. Lucía, sonriendo ampliamente se levantó y se deslizó hacia la pista de baile con elegancia, lo que primero que le llamó la atención fue que no le dolía la cadera y que su cuerpo estaba cubierto por un bello vestido de cocktail; luego, que el cuerpo de Felipe despedía el característico olor de su loción favorita. "Qué raro —pensó Lucía— los sueños no huelen, entonces no estoy viviendo un sueño sino algo real, no lo estoy imaginando, en verdad estoy bailando con Felipe."

Convencida de ello, ya no quiso despertar. ¿Para qué? Se quedó con Felipe.

Cuando María regresó al "cuarto oscuro" descubrió el cuerpo sin vida de su abuela a media bañera. Lucía deliberadamente había dejado escapar el agua. Se había ido junto con ella como lo hizo la electricidad en el experimento de su abuelo John Brown.

María no supo qué hacer, lo único que atinó fue a guardar un respetuoso silencio hasta que terminó la canción del disco que la abuela había elegido escuchar mientras se bañaba.

"Wait till your charms are right for these arms, to surround
You think you've flown before
But baby you ain't left the ground
Wait till you're locked in my embrace
Wait till I draw you near
And wait till you see that sunshine place
Ain't nothing like it here
The best is yet to come
And babe, won't it be fine?
The best is yet to come,
Come the day you're mine…"

Espera hasta que tus encantos sean los indicados
para que estos brazos te rodeen,
crees que has volado antes,
pero no has dejado el suelo,
espera hasta que estés entre mis brazos,
espera a que te acerque a mí,
espera a que veas el lugar donde el sol brilla
no hay nada parecido aquí

Lo mejor está por llegar, el día en que serás mía.
Tengo planes para ti, nena
y nena, vas a volar.

CAPÍTULO 13

María amamantaba a su hijo sentada en la que fuera la mecedora de la abuela. Le agradó pensar que estaba en el lugar de Lucía, en donde quizá, por qué no, ella amamantó a Luz María, su madre. Trataba de no transmitirle a su hijo la tristeza que sentía en su corazón pero no estaba segura de que estuviera funcionando. El niño, al igual que ella, guardaba un solemne silencio.

María sentía que le había faltado tiempo con la abuela, como a los tamales que se sacan de la olla antes de que termine su cocimiento, como a los amantes que la muerte distancia, como a una foto mal revelada. Era una sensación parecida a la que Horacio debía experimentar cuando mamaba de uno de sus pechos y para quedar satisfecho tenía que beber del otro. Claro que a diferencia de su hijo, ella no tenía forma de saciar su hambre. La abuela se había ido justo cuando el torrente de información entre ellas fluía cómodamente, cuando la Vía Láctea del Universo había conectado el corazón de la una con la otra y dejaba que por sus venas fluyera todo el conocimiento posible. María ciertamente sentía que le faltó tiempo para poder hilar, descifrar, asimilar, abrevar en el conocimiento ancestral que la abuela le transmitía cada vez que abría la boca. En otras palabras, le faltó tiempo para subsanar el rompimiento generacional que se ocasionó al interior de su familia cuando su abuela y su madre se distanciaron. A pesar de que bebió conocimiento, sabiduría, generosidad y amor cada minuto que pasó al lado de Lucía, sentía lo mismo que cuando se quedaba sin Internet: estaba desconectada y sin posibilidad de que la abuela le siguiera compartiendo sus secretos culinarios, sin que le mostrara nuevas puntadas de tejido, sin que le contara viejas historias de familia. La abuela la dejó con muchas asignaturas pendientes: el viaje en busca de los colores de Oaxaca; las clases de teñido natural utilizando grana cochinilla y añil, las clases de hidroponia, la siembra, la cosecha, las clases de baile de salón, las clases de corte y confección.

Por otro lado, era una pena que la abuela ya no iba a ver a Horacio dando sus primeros pasos, ni saborearía la ensalada que tenían planeada para cuando cosecharan la albahaca morada, ni la ayudaría a decorar su nuevo hogar al lado de Roberto.

Cuando María encontró a Lucía dentro de la bañera, en la primera persona en quien pensó fue en Roberto, no se le ocurrió telefonear a nadie más. Comprendió que ése era el hombre con el que deseaba compartir todo, desde la tristeza más devastadora hasta el más sublime gozo. Ahí supo que él sería su alivio, su apoyo y su compañero de toda la vida. Roberto, al recibir la noticia tomó el primer avión disponible, de inmediato comenzó a prestar ayuda. Él mismo había extendido el certificado de defunción y en ese instante se estaba encargando de vestir a la abuela con la ayuda de Chencha para que la llevaran a la funeraria en donde la iban a velar y más tarde a cremar.

En cuanto Roberto llegó al rancho y la abrazó largamente, a los dos les quedó claro que se tenían uno al otro. De manera breve, hablaron de que a partir de esa noche él estaba dispuesto a acompañarla y a quedarse a dormir con María, siempre y cuando ella así lo deseara. Por supuesto, María aceptó la propuesta pero no sólo por esa noche sino para siempre. La presencia de Roberto resultó una enorme bendición en las horas que siguieron. Roberto funcionó como una enorme red protectora.

En su calidad de cardiólogo sabía que uno de los peores momentos que los deudos tienen que atravesar es cuando sacan de su casa el cadáver del familiar para llevarlo a la funeraria. A partir de ese instante ya no hay vuelta atrás. Se van. Se despiden de lo que fue su mundo. Y duele, vaya que duele.

María vio a la abuela salir del "cuarto oscuro" dentro de una camilla y no pudo contener las lágrimas. La despidió con un beso en la frente. Su cuerpo estaba helado y el frío penetró por sus labios. Se refugió dentro de la habitación pues dentro aún se sentía el calor de las veladoras que habían encendido para calentar el baño y se percibía el aroma de los claveles rojos que la abuela cambiaba a diario en el altar del abuelo Felipe. Dijo adiós a la abuela desde el umbral de la puerta. Con ella se iban todas las presencias que tanto la acompañaron: sus recuerdos, sus sueños. Qué importante le parecían en ese momento. María pensó en la abuela y sus sueños, le parecía injusto que no dejaran el mismo rastro que los genes, a fin de cuentas también eran información, sería lindo poder rastrearlos. Por ejemplo: ¿Cuáles habrán sido los sueños de la primera mujer de raza negra en la familia? Nunca lo sabrían. ¡Si ni siquiera conocían su nombre de pila! Sólo sabían que fue la mamá de José Treviño, éste sólo conservó una foto de ella, que en la parte trasera tenía escrito el título la canción Strange Fruit. Cualquiera que le haya puesto así a la fotografía tuvo que haberlo hecho forzosamente después del año de 1939, ya que en ese año fue grabada. Descartó que lo hubiera hecho su abuelo Felipe porque en 1939 tendría alrededor de 9 años. Más bien pensó en el bisabuelo Felipe quien en esa época tendría 34 años y vivía en Chicago al lado de Loretta Jackson, mujer negra de belleza excepcional. Los imaginó sentados al lado de su tocadiscos escuchando el disco completo de Billie Holiday, soñando con un mejor futuro. No los creyó capaces de imaginar que en el 2015 tendrían un bisnieto tan bello como Horacio. Un niño destinado a develar secretos, a mostrar lo que se esconde, lo que se oculta. Definitivamente uno busca en la oscuridad el referente de la luz, y ese niño de piel oscura brillaba y alumbraba más que nada y más que nadie. O tal vez estaba totalmente equivocada y ese niño nació del deseo compartido por hombres y mujeres que por generaciones soñaron lo mismo. ¿La abuela alguna vez habría soñado con Horacio? Se fue de su vida antes de que le pudiese preguntar esto y muchas otras cosas más. Ahora ella misma tenía que encontrar las respuestas. Tendría que atar cabos sueltos. Se puso a reflexionar sobre la diferencia que existe entre una hebra de estambre sola y una que ha sido en-

tretejida. Encontró que era abismal, la que está sola care-
ce de sentido, la entretejida es vasta en significado. Ella
se sentía como una hebra suelta, desconectada, separa-
da. Justo cuando había encontrado a una persona de su
familia que la comprendía y que le brindaba su apoyo incondicional, se había quedado sola, lo cual le provocaba
una sensación de enorme vulnerabilidad. Pensó que es
por eso que en el mundo animal los depredadores atacan
a los animales solos, frágiles. No se atreverían a atacar a
una manada, no son tontos ni suicidas, esperan al
acecho el momento en que un animal pequeño y dis-
traído se separa del grupo para lanzarse sobre él y, ¡ella
se sentía tan lejos de la manada!

De pronto, una idea golpeó su cabeza. La abuela no
la había dejado tan sola como pensaba. Eso era imposible. Como si no hubiera un campo morfogenético en
donde todo lo que se piensa o se siente es compartido de
inmediato con todos los demás. Como si los avances
de la ciencia no nos estuvieran llevando de la mano
al descubrimiento de un espíritu universal donde cada
idea, cada palabra, cada acción repercute, y ella estaba
rodeada de presencias, de murmullos, de ecos. Que no
los viera era otra cosa. Ella nunca supo sobre los genes
que contenía su sangre hasta que se hicieron visibles
en el pequeño cuerpo de Horacio. Pero desde antes ahí

estaban presentes, esperando el mejor momento para aparecer. Más allá de los genes, ahí estaban a su alcance los rebozos, los huipiles, las ollas, los comales, las agujas de tejer, las semillas, el arcón de recuerdos de la abuela, las fotos, los cerillos. Comprendió que la información se mantiene viva cuando la repetimos, cuando la compartimos, cuando la enseñamos. Está cifrada en cada tejido, en cada vasija, en la técnica para elaborar platillos, en la ceremonia de la siembra. Cuando uno recupera la tradición recupera su origen universal y cósmico. Recupera a los padres, a los abuelos y todo lo que cree perdido.

Justo en ese instante sintió una mano sobre la suya que le hizo girar la cabeza. Con sorpresa descubrió que tenía frente a ella a su hermana Carolina. Alguien a quien definitivamente creía haber perdido para siempre.

—¿Cómo estás, María?

—¿Qué haces aquí?

—¿Cómo que qué? Vine al funeral de la abuela…

—No sé si le hubiera gustado que estuvieras presente…

Le respondió María haciendo alusión a las palabras que Carolina pronunció precisamente el día en que la abuela intentó entrar al funeral de Luz María, su hija. Carolina guardó un minuto de silencio que se hizo eterno.

—Sé que últimamente no he reaccionado como debiera…

—¿Últimamente? Mmmm…

—Sobre todo, contigo… el nacimiento de Horacio vino a remover…

—¡No vino a remover ni madre!… vino a traer bendiciones a toda esta pinche familia y deberías estar agradecida…

—¡Lo estoy!… déjame hablar por favor… fue hasta que subiste las fotos a tu Facebook que recordé…

—Tú eres la mayor, Carolina. ¿En serio me vas a decir que no tenías claro que el abuelo era negro?

—De él sólo recuerdo sus enormes ojos azules… obviamente quise ignorar todo lo demás… mantenerlo en el olvido…

—Hasta que la imprudente de tu hermana te puso ante la vista lo que no querías ver…

—Sí, y ahora te lo agradezco… perdóname… perdóname, por favor, María, yo con trabajo podía con el duelo de mi mamá como para ver algo más…

—Siempre hablas de tu dolor antes que el de los demás…

—¡No es cierto!

—Claro que sí… ¿Crees que tú eres la única a la que la muerte de mi mamá le dolía? ¿Nunca pensaste en mí?

—¿De qué hablas, María? Siempre he pensado en ti… siempre te quise proteger, evitar que sufrieras, ¡Que te enfrentaras con una muerte violenta!

—¿De qué hablas? ¿Cuál muerte?

—¿No te acuerdas, verdad?

—¿De qué?

—De la Navidad en que el abuelo murió…

—No me acuerdo pero ya sé lo que pasó, la abuela me lo dijo…

—No estoy hablando de eso sino de lo que pasó después…

—No… no sé de qué me hablas.

Carolina tomó aire y lo más relajada que pudo le contó su versión de la historia. María comenzó a recordar poco a poco. No del todo pero sí lo suficiente como para tener una idea más clara de lo sucedido. Comenzaron a venir a su mente imágenes sueltas. María no podía diferenciar si en verdad las recordaba o las estaba creando a partir de lo que su hermana le narraba pero en su memoria resonaron con fuerza los gritos destemplados de su mamá y de Ernesto, su padre, seguidos de una escena en donde su hermano Fernando salía corriendo del baño totalmente descompuesto y se echaba a correr por el pasillo dejando una estela de huellas de sangre. María, tratando de ver lo que sucedía dentro de esa habitación, vio a su padre intentando quitarle a su madre un cuchillo con el que pretendía matar a la abuela. Vio o creyó ver a la abuela Lucía, quien ni siquiera pestañeó ante el peligro. Estaba como ida. No hablaba, no lloraba, no gritaba. Parecía haber perdido la capacidad de ver y escuchar lo que sucedía a su alrededor. María hizo un esfuerzo enorme para recordar más pero una gran laguna mental se lo impedía. Sin embargo, alcanzó a recordar que tuvo un momento de profundo contacto visual con la abuela y que sus ojos destellaban una poderosa luz. No pudo ver más pues en ese momento Carolina tomó a María de la mano y la sacó de ahí. La llevó al interior de una recámara en la que la mantuvo entretenida hasta que todo se calmó. Durante ese tiempo, no dejó de abrazarla y acariciarle la cabeza. Le contó historias de Navidad para distraerla. Gracias a eso María nunca se enteró que a su madre la llevaron a internar a una institución para que la atendieran del ataque de nervios, que a su padre le tuvieron que dar 25 puntadas en el brazo por la herida que Luz María le ocasionó mientras trataba de evitar que lastimara a Lucía.

Mientras su hermana hablaba, María comenzó a revivir una época de su vida en la cual Carolina fue muy importante. Tenía medio borrados los años en que su mamá vivió ausente, solitaria. A raíz de la trágica Navidad, sus padres se separaron. Luz María nunca quiso darle el divorcio a su esposo, y vivió avergonzada por el suceso. Carolina se hizo cargo de sus hermanos. Se autonombró la protectora de esa familia, en la que era encargada de evitar que los demás vieran o escucharan lo que no debían, en la que controlaba todo porque le aterrorizaba que las cosas se salieran de cauce. Por eso mismo, en cuanto supo de la muerte de la abuela tomó un avión y se trasladó al lado de su hermana pequeña.

—Ahora, te pido de favor que me cuentes todo sobre la abuela... Tú al menos pudiste recuperarla antes de que se muriera... yo no... pero antes, déjame darte un abrazo...

Las dos hermanas se abrazaron. María no de muy buena gana, pero Carolina lo hizo de todo corazón y eso dio oportunidad a que el cielo se abriera y María sintiera a su madre, a sus dos abuelas, a sus cuatro bisabuelas, a sus ocho tatarabuelas, y así hasta al infinito. Fue el abrazo de abrazos, el que no pudieron darse Lucía y Luz María antes de morir, el que quedó suspendido en el tiempo el día en que unos hombres blancos secuestraron al abuelo de "Strange Fruit" de la costa de África. Ése que se quedó pendiente entre los brazos de la desesperada madre a la que le arrebataron a su hijo. La que lo vio partir desde la playa y levantó sus brazos al cielo pidiendo una plegaria por él. Fue el deseo multiplicado de todas aquellas que alguna vez han querido proteger a alguien. Fue eso y mucho más. Después de ese abrazo, las hermanas pudieron llorar juntas las muertes, tanto de Lucía como de Luz María.

Más tarde, María abrió el arcón de los recuerdos para su hermana y agradeció internamente que la abuela hubiera guardado el pasado de la familia no sólo para satisfacción personal, sino para que alguien más lo viera. Le conmovió mucho ver a su hermana Carolina llorar al ver las fotos que le revelaban un pasado oculto. Un pasado que ella por tanto tiempo se negó a ver.

Por la noche, antes de dormir, Carolina escribió en su diario:

Miro de frente y la luz del sol ciega mis ojos.

Veo hacia atrás y observo que mi cuerpo proyecta una sombra.

¿Qué no se suponía que yo era el sol?

¿Que tenía luz propia para alumbrar a los demás?

La tristeza se apodera de mí.

No soy lo que creía.

Ni siquiera puedo reflejar la luz que recibo, ya que mi cuerpo la convierte en sombra.

Si no puedo reflejar y con ello aumentar la presencia de la luz, es que sólo soy una interferencia, un estorbo.

¿Y si renunciara a ser yo misma?

¿Si dejara de lado el deseo de control?

Tal vez simplemente sería luz.

CAPÍTULO 14

Al día siguiente, las dos hermanas fueron juntas a la lectura del testamento. Fernando llegó al último, proveniente de la Ciudad de México. Era un testamento reciente que Lucía modificó ante el notario la primera semana en que María y Horacio llegaron al rancho.

"Yo, Lucía Brown Múzquiz, en pleno uso de mis facultades… Dejo a mi nieta Carolina Pérez Alejándrez el dinero de mis cuentas bancarias. A mi nieto Fernando Pérez Alejándrez la casa que poseo en la ciudad de México.

A mi nieta María Pérez Alejándrez le heredo el arcón en donde guardo mis fotos y objetos personales, lo mismo que el archivero contra incendios que se encuentra en el interior de mi clóset. También pasarán a ser de su propiedad los objetos de la siguiente lista:

1) Mi comal;

2) mis discos de acetato;

3) mis agujas de tejido;

4) el molcajete, donde Tita preparó por primera vez la salsa de pétalos de rosa;

5) el metate, donde mi abuela Esperanza me enseñó a moler el cacao;

6) mis ollas de hierro forjado;

7) mis semillas de cacao.

Tanto mi empresa de productos ecológicos "Fumarola Verde" como este rancho, con todo lo que alberga, se lo heredo a mi bisnieto Horacio Fuentes Pérez, y dejo como albacea hasta que él cumpla los 18 años a su madre María Pérez Alejándrez.

María no paró de llorar durante la lectura del testamento. Se consideró la más afortunada de todos. La abuela le heredó aquello que más apreció en vida. Trataría de hacer honor a tan alta distinción. Gratitud era lo que en ese momento sentía. Un profundo agradecimiento. Por su madre, por su abuela, por todo y por todos. Le apenaba que su mamá se hubiera muerto con la idea de que la abuela era una asesina pues esa idea había ocasionado mucha confusión familiar, mucho dolor, mucha separación. Sin embargo, cada una colaboró para que se restaurara lo quebrado. María entendió que hay un orden invisible que siempre deja abierta la posibilidad del retorno a la paz, a la unión, al amor. Si ella no hubiera dado a luz a Horacio y si su mamá no se hubiera muerto a causa de la impresión, la abuela no se la hubiera llevado a vivir al rancho, con lo cual habría sido imposible la reparación del daño. Ella nunca habría aprendido a tejer, a hacer tortillas de harina, a encontrar el placer a las actividades culinarias y el sentido a los pequeños actos que se realizan en la intimidad. Y nunca de los nuncas se hubiera convertido en la maestra de su hermana mayor. Carolina escuchaba embobada la sabiduría que su hermana destilaba por cada uno de los poros de su piel. Le sorprendía la cantidad de conocimiento que María había adquirido en el poco tiempo que convivió con la abuela. Le pareció sorprendente que hubiera aprendido a cocinar de esa forma. María no paraba de hablar mientras preparaba el desayuno y le explicaba a su hermana la forma en que había perdido kilos casi sin el menor esfuerzo.

—Es que cuando uno se alimenta correctamente, el cuerpo responde de inmediato.

—Lo estoy viendo, te ves guapísima.

—Y sobre todo, me siento estupenda, porque una de las cosas que aprendí fue que dependiendo de la calidad de la información que se comparte entre célula y célula será la salud y el bienestar que obtengas de lo que te metes a la boca...

—Me da envidia haberme perdido sus consejos…

—Bueno, pues si quieres, yo te puedo transmitir parte de lo que ella decía, no será exactamente lo mismo pero muy parecido… ¿Ya te conté que no tenía celulitis?

—¡No manches!

—Sí, es que me decía que lo que comemos es pura porquería, bueno ahora dicen que en la comida procesada nos están metiendo hasta plásticos… Imagínate nomás. ¿Qué será lo que le ponen al pan de caja que ni siquiera se echa a perder? Y no te quiero hablar de la cantidad de conservadores y químicos que le agregan a todo…

—Sí, qué horror…

—Una vez, me dijo que comer era como dialogar con el Universo y que cuando uno come comida chatarra o alimentos transgénicos, más bien está dialogando con laboratorios químicos… cómo te explicaré… a la voz de nuestro interlocutor como que le falta saborcito humano y por eso no nos nutre, para aliviar esa sensación de vacío, uno entra en un círculo vicioso donde primero se traga todo lo que puede pero como las células no se sienten alimentadas, pues seguimos comiendo y acumulando grasa hasta que nos ponemos cerdísimas…

—Oye, por cierto, ¿ya nunca regresaste con la doctora que te recomendé, verdad?

—¿Tú fuiste?

—¿Con ella? No, no lo necesito…

—¡No, la que me recomendó a esa psicoanalista!

—Sí, ¿Por qué?

—¡Pinche Carolina! Debí suponerlo… dale gracias a Dios de que hasta ahora me entero que fuiste tú porque si no, te habría mentado la madre muy cabrón…

—¿Por qué?

—Porque era bien culera…

Carolina y María soltaron una carcajada al mismo tiempo. Conversaban por todos los años que no lo habían hecho. Estaban felices de haberse recuperado la una a la otra. Sonaban excitadas, eufóricas. Las palabras salían a borbotones de sus bocas. Querían contarse todo. Al término del desayuno se alistaron para acudir a la funeraria y estar presentes durante la cremación de la abuela. Sólo guardaron silencio en el momento en que el cuerpo de Lucía acudía a su cita programada con un fuego que la recibió con todos los honores posibles, como correspondía a la gran Señora que era. Las llamas prendieron de inmediato con fuerza, con pasión. Las hermanas, fuertemente abrazadas, observaron cómo se incendiaba la "Guardiana del Fuego". Las lágrimas les impidieron ver una luciérnaga que se desprendía del fuego para elevarse al cielo.

Al pasar a la sala de espera, reanudaron su conversación. María le expresó a Carolina sus reflexiones respecto de la historia familiar. Ahora comprendía perfectamente por qué no le gustaban las Navidades. Carolina, por su parte, le confesó que hasta ahora entendía que el nacimiento de Horacio había sido una bendición para toda la familia. Era un bello niño que estaba destinado a unir, a sanar. Encontraron todo tipo de coordenadas, de coincidencias, de palabras, de canciones, de signos que de plano no vieron o que pasaron desapercibidos ante sus ojos, pero donde aparentemente ya estaba escrito el destino de esa familia, como por ejemplo que en el apellido de John Brown, la palabra "café" anunciaba su importancia.

Cuando la cremación finalizó, todos regresaron al rancho. María, Carolina, Fernando, Horacio, Roberto, Chencha. Juntos realizaron una ceremonia íntima que consistió en encender las veladoras del cuarto oscuro con los cerillos que sacaron de la caja de plata que John Brown elaboró para Tita y en sentarse a escuchar los discos favoritos de Lucía. Al amanecer, cuando el llanto de Horacio anunció el nuevo día, tomaron las cenizas de Lucía y las mezclaron con las de Felipe en una misma urna para más tarde depositarlas en el río Bravo. Eran del mismo color.

CAPÍTULO 15

Esa misma noche, después de dormir a Horacio y antes de ir a la cama con Roberto, María abrió el archivero contra incendios que estaba en el interior del clóset de la abuela. No fue fácil. Primero tuvo que sobreponerse al sentimiento que le provocaba aspirar el característico y nostálgico olor de la abuela que estaba impregnado en toda su ropa; luego, superar la idea de que era una intrusa, que no tenía derecho a incursionar en la intimidad de Lucía. Finalmente, enfrentarse con un pasado lleno de magia, de alquimia.

Lo primero con lo que se topó fue con un medallón que dentro llevaba la foto de Mamá Elena y de José Treviño; luego, con una caja de terciopelo que protegía el manguillo y la plumilla con los que Tita escribió su diario. Reconoció también los lentes que pertenecieron a John Brown junto con unas mancuernillas. Nunca había visto esos objetos personales. María comprendió que tal vez porque tenían un significado especial. De pronto, descubrió una pequeña caja de cartón que estaba atada a un sobre por medio de un listón de seda. La caja contenía alas de luciérnagas. Muchas alas de luciérnagas. Dentro del sobre encontró una carta que la abuela le escribió antes de morir.

"Querida María, si estás leyendo esta carta es porque yo ya no estoy viva. Estas alas de luciérnaga son uno de mis más preciados tesoros. Mi madre me las heredó al morir. Las recolectó el día en que el abuelo John Brown se casó con Shirley y las metió bajo su vestido para que le iluminaran el cuerpo a la altura del corazón, en ese instante de esplendor y a pesar de ser sólo niña juró que se casaría con Alex, mi padre. Por eso, me llamo Lucía, en honor a la luz de ese atardecer.

Yo nombré a mi hija Luz María por una razón parecida, porque en mi pecho surgió el deseo de que naciera con esa misma alegría, con esa misma luz. Luego, ella te nombró María, así, llanamente, sin la luz de por medio… no sé cuáles fueron sus razones, pero ahora quiero nombrarte la nueva "Guardiana del Fuego", el cargo que mi abuelo John me dio. Tú eres la indicada para llevar con orgullo esa responsabilidad. Tú supiste poner ante nuestros ojos lo que ocultamos, lo que no quisimos ver.

Por fortuna, la luz es imposible de ocultar, siempre deja un rastro: la sombra, quien será el referente para localizar el lugar en donde la luz se origina. Cuando uno sólo ve la sombra, es que no está viendo el todo. La luz se hace presente cuando alguien se anima a romper la cortina de la oscuridad. Tú fuiste ese ser, tú pariste la luz, tú, mejor que nadie, sabe cómo verla, procurarla, venerarla. Gracias por todo, María."

Fue altamente revelador escuchar cuáles fueron los motivos por los que a la abuela Lucía la bautizaron con ese nombre. Curiosamente, cuando estaba embarazada pensó seriamente en ponerle a su hijo Luciano pero cuando nació y vio el color de su piel se arrepintió, no deseaba que a su hijo le hicieran burla en la escuela. Pero ahora, al escuchar el simbolismo tan importante que su nombre encerraba, estaba dispuesta a reconsiderarlo.

CAPÍTULO 16

Esa Navidad fue la prueba de fuego para María. Decidió preparar la cena para todos sus familiares y amigos. La verdad, ninguno la creía capaz de tal proeza, tomando en cuenta que ella nunca había cocinado en su vida. Consideraban que los meses al lado de la abuela no podían ser suficientes como para que preparara una cena para 50 personas. Sin embargo, no contaban con que tendría la ayuda de Chencha lo cual era una garantía de que las cosas saldrían bien. Curiosamente, la única que le daba su voto de confianza era su hermana Carolina pues ya había probado las delicias que ella preparaba. Era tal su entusiasmo que hasta se ofreció a trabajar de pinche de cocina, pero a veces estorbaba más de lo que ayudaba. A pesar de ello, su presencia y su plática siempre resultaban agradables. De repente, su afán de control afloraba pero María la ponía rápidamente en su lugar. La relación entre los hermanos se habían fortalecido enormemente. La lectura del diario de Tita se convirtió en un referente que les permitió analizar los pensamientos negativos y destructivos que por generaciones se habían venido repitiendo en su familia: el deseo de control, el miedo a las pérdidas emocionales, la preferencia por obedecer sumisamente antes que sufrir la culpa que ocasiona transgredir las reglas, o en el caso contrario, rebelarse con fuerza ante cualquier autoridad, pero finalmente en todos había un enorme deseo de dar con la puerta de salida que los liberaría de la opresión.

Durante esas psicoanalíticas reuniones, María y sus hermanos también reflexionaron sobre lo que pudo haber pasado a nivel nacional como para que dejáramos de lado una maravillosa tradición culinaria y herbolaria. Les parecía increíble que la Cocina Mexicana por un lado fuese considerada como Patrimonio Mundial de la Humanidad y que por el otro los mexicanos ocuparan los primeros lugares en diabetes y obesidad infantil. De la enorme sabiduría de las mujeres que en 1910 trabajaban en el campo, que sembraban, que alimentaban, que luchaban por un cambio, poco quedaba. ¿Dónde se perdió el camino? ¿Dónde se rompió la hebra de estambre? ¿Cómo recuperar lo perdido? María y Roberto se habían mudado al rancho de la abuela y cuidaban de su huerto y su hortaliza. Fernando y Blanca, su mujer, se reunían a comer con Carolina al menos una vez por semana. Juntos preparaban y disfrutaban de la comida. Cuando alguno de ellos inventaba una nueva receta se la compartían por correo electrónico pues estaban empeñados en crear un recetario para las nuevas generaciones. En dicho recetario incluían recetas naturistas para aliviar todo tipo de enfermedades, y uno que otro remedio casero. La más activa era María pues tenía una gran creatividad para imaginar nuevos y muy nutritivos platillos. Ese día, por ejemplo, se empeñó en preparar la receta de los chiles en nogada pero como era diciembre, y por supuesto que ni había nuez fresca para elaborar la nogada ni granada para adornarla, se le ocurrió crear una salsa "Tai" para acompañar los chiles. En vez de nuez de Castilla utilizó nuez de la India y la mezcló con jengibre, té limón y leche de coco. Para sustituir la granada, recurrió a los arándanos secos y el resultado fue muy afortunado. La salsa "Tai" incluso potenciaba el picor de los chiles en contraste con el relleno de picadillo dulce. Claro que Chencha estuvo a punto de tirar la toalla varias veces. María era demasiado creativa para ella. No escuchaba muchas de las advertencias y rompía constantemente las reglas pero tuvo que reconocer que todo salió bien y los platillos eran realmente espectaculares. Las Tortas de Navidad fueron uno de los grandes éxitos de la noche. María las preparó de acuerdo con la tradición familiar y no puso reparo alguno al picar finamente la cebolla.

La selección musical estuvo a cargo de Roberto. Hasta en eso María había sido gratificada por la vida. Le encantaba la música y era un excelente bailarín. Con Carlos nunca pudo disfrutar de una fiesta. Se la pasaba sentado y si acaso ella lo forzaba a ir a la pista de baile, lo hacía de mala gana y ni siquiera era capaz de bailar como se debe sino que sólo "se mecía" de un lado al otro sin la menor gracia, sin atisbo de alguna cachondería, cosa que a su actual pareja le sobraba. Como dato curioso, Roberto y María compartían gustos musicales, tal vez porque las familias también van heredando a sus hijos su predilección por tal o cuál cantante o género musical. Y de alguna forma Annie y Lucía, las alegres abuelas que fueron marcadas por "Las Viudas del Jazz" pasaron a su descendencia su pasión por ciertos músicos y bailes. Roberto sabía bailar desde el swing hasta el ská, pasando obviamente por el rock and roll, la salsa y la cumbia. En esa ocasión se inclinó por elegir entre los discos de acetato de Lucía y justo cuando acababa de poner At Last, María hizo su aparición en la sala con una charola de chiles en nogada para llevarla a la mesa. Roberto se la quitó de las manos, la colocó en su lugar y acto seguido, la tomó por la cintura y se puso a bailar con ella lo más pegado que la panza de embarazada de María les permitía mientras gozaban de la privilegiada voz de Etta James.

"At last
My love has come along
My lonely days are over
And life is like a song"

"Oh yeah
At last
The skies above are blue
My heart was wrapped up in clover
The night I looked at you…"

Por fin, mi amor ha llegado,
mis días de soledad han terminado,
y la vida es como una canción.

Oh sí, sí al fin el cielo es azul
Mi corazón fue envuelto en tréboles
la noche en que te miré.

María estaba felizmente divorciada gracias a la ayuda que su hermana Carolina le brindó al recomendarle a un magnífico abogado. Dieron una gran batalla pues al inicio Carlos no deseaba darle el divorcio y puso muchas trabas para todo. Incluso, le puso una demanda por adulterio ya que María vivía abiertamente con Roberto. Fue un tremendo error, pues el juez le concedió el divorcio automático. A María lo que le preocupó fue que Carlos, en determinado momento, pidiera la custodia de Horacio pero eso nunca sucedió. De seguro "se vio" como padre soltero de un niño negro y la idea no le sedujo del todo. El caso es que María, por primera vez, estaba disfrutando de una Navidad agradable, placentera. Todo estuvo a punto de colapsarse debido a que Horacio, quien para entonces ya gateaba como un torbellino por toda la casa e intentaba dar sus primeros pasos, aprovechó la distracción del momento para hacer de las suyas. La que dio la voz de alerta fue Chencha:

—¿Pero qué hace esta criatura? ¿Quién lo está cuidando?

Horacio estaba sentado en el piso con la caja de cerillos de Tita en una mano y con la caja que contenía las alas de luciérnaga en la otra. Las había abierto y masticaba con singular alegría el atractivo contenido que encontró en ambas cajas. María era la responsable de haber dejado al alcance de su hijo la caja de los cerillos que sacó del baúl de los recuerdos para realizar el ritual del encendido de las veladoras, pero nadie se explicaba cómo fueron a parar a sus manos las alas de luciérnaga.

—¡Noooooooo! Luciano, ¿qué haces? —gritó María.

—¿Quién chingados dejó abierto el arcón de los recuerdos?

Roberto corrió a levantar al niño y con celeridad procedió a retirarle tanto los cerillos como los restos de alas que tenía en el interior de la boca. Horacio o Luciano, como algunos gustaban llamarlo, se abrazó a su cuello y comenzó a llorar. Lo asustaron los gritos de su madre. María llegó al lado de su hijo pero se quedó pasmada y con la mirada ausente. Un recuerdo la llevó a un pasado remoto. Nuevamente se visualizó asomando la cabeza para ver lo que sucedía dentro del cuarto oscuro y vio al abuelo Felipe con la cabeza recargada sobre la orilla de la tina. Tenía los ojos cerrados y la boca abierta, muy abierta, enormemente abierta. Le impresionó la mueca que su rostro desencajado mostraba. En seguida, observó un punto de luz en el centro de su garganta y una libélula volando hacia el exterior. La abuela Lucía también vio salir al insecto y buscó a su alrededor si alguien más había visto lo mismo que ella. Sus ojos se encontraron con los de María y a pesar de la gravedad del momento, estuvo a punto de sonreírle. La luciérnaga pasó muy cerca del rostro de Lucía y le iluminó los ojos. Ese reflejo fue percibido perfectamente por su pequeña nieta a quien un jalón de manos de su hermana Carolina la alejó del lugar. El poderoso llanto de su hijo regresó a María al presente. Se acercó a él y le comenzó a acariciar la espalda para calmarlo.

Desde las alturas, desde otra dimensión, Lucía los disfrutaba enormemente. Había llegado desde temprano por si su nieta la necesitaba. Estuvo a su lado en todo momento mientras preparó el banquete, aplaudió la forma en que María puso la mesa, en que adornó la casa, en que recreó los chiles en nogada. Lo único que quedaba pendiente era que pudiera descubrir cuál era la fórmula para preparar el chocolate ceremonial y cuál el canto que debía tocarse antes de beber la taza para obtener el resultado deseado. Después de los logros obtenidos esa noche, Lucía no dudaba para nada que su nieta lo conseguiría. Al lado de la abuela, como siempre, se encontraba Felipe, quien en ese instante le cantaba a su bisnieto al oído y casi en secreto, una canción de cuna que a su vez su madre Loretta le cantó a él cada vez que quería dormirlo. El niño respondió instantáneamente, dejó de llorar y se trasladó al mundo de los sueños. Ahí lo esperaban todos sus familiares. Y como sólo sucede en los musicales de Broadway, se escuchó When The Saints Go Marching In, canción a la que se unieron las voces de toda la compañía. Todos los que aparecieron en esta historia o los que alguna vez se entrecruzaron con Tita, Pedro, Mamá Elena, José Treviño, Nacha, John Brown, Shirley, Gertrudis, Juan, Chencha grande, Rosaura, Alex, Esperanza, Felipe grande y Loretta, Luz del Amanecer. Todos juntos marcharon por una calle de Nueva Orleans recibiendo la dirección de Louis Armstrong. El contingente era encabezado por Lucía, Felipe y Horacio o Luciano, como prefieran llamarlo, quien casi iba volando y cantaba más fuerte que todo el coro con su poderosa voz de alas de luciérnaga incendiadas, libres, eternamente libres.

"Oh when the Saints go marching in
When the Saints go marching in
Oh Lord I want to be in that number
When the Saints go marching in…"

Oh, cuando los Santos entren marchando,
cuando los Santos entren marchando,
oh, mi Señor, quiero estar en ese espectáculo,
cuando los Santos vayan desfilando.

Playlist

On The Sunny Side Of The Street – Cyndi Lauper

Where Or When – Frank Sinatra

I'll Be Seeing You – Billie Holiday

Some Enchanted Evening – Barbara Streisand

When You're Smiling – Frank Sinatra

The Impossible Dream – The Quest

The Best Is Yet To Come – Frank Sinatra

At Last – Etta James

When The Saints Go Marching In – Louis Armstrong

Escucha las canciones que inspiraron esta novela
en Spotify: *Como agua para chocolate, la saga*

Laura Esquivel

Comenzó su carrera como maestra y guionista de cine, actividad en la que ha obtenido diversos reconocimientos, entre los que destaca el Premio Ariel por el mejor guión de cine. A partir de la publicación de *Como agua para chocolate*, su primera novela, alcanzó reconocimiento internacional y se convirtió en una de las escritoras mexicanas más importantes, por lo que ha obtenido varias distinciones adicionales. Recientemente recibió el Doctorado Honoris Causa en Letras por la Universidad de Saint Andrew en Escocia. Ha obtenido también la Orden al Mérito Artístico y Cultural Pablo Neruda que otorga el gobierno de Chile y ha sido merecedora al premio ABBY (American Booksellers Book of the Year), galardón que por primera vez en su historia fue concedido a una escritora extranjera. Su novela *Como agua para chocolate* ha sido traducida a 36 idiomas y adaptada al cine y al teatro. También ha publicado *Malinche, A Lupita le gustaba planchar, Tan veloz como el deseo, Estrellita marinera, La ley del amor, Íntimas suculencias, El libro de las emociones* y *El diario de Tita*, que junto con *Como agua para chocolate* y *Mi negro pasado* forman una trilogía.